¡Apúntate!

Cuaderno de ejercicios

Mit Audios und Erklärfilmen

Nivel avanzado

1

In der **Cornelsen Lernen App** findest du passend zu deinem
Cuaderno de ejercicios:

- alle Audios
- alle Erklärfilme
- die Lösungen der Talleres
- die Lösungen der Autocontroles

Cornelsen

¡Apúntate! 1

Lehrwerk für den Spanischunterricht
Cuaderno de ejercicios Nivel avanzado

Im Auftrag des Verlages erarbeitet von
Joachim Balser (Berlin), Heike Kolacki (Saarbrücken), Ulrike Lützen (Bremen), Gonzalo Rojas Cisternas (Teltow)

und der Redaktion Spanisch
Dr. Martin Fischer, Ute Gebel (Projektkoordination), Projektleitung: Cara Gaffrey

Illustrationen: Marina Pérez Luque, Marc Rueda, Rafael Broseta, Laurent Lalo

Karten: Dr. Volkhard Binder

Umschlagfoto: stock.adobe.com/ Juan Carlos Muñoz – Itinerario muralístico de Vitoria-Gasteiz: Miren Elorrieta, Begoña Fernández, Norbert Fuente, Tomás Galindo, Ines Gonzalez de Zárate, Ramon Goñi, Haritz Larriñaga, Eva Amezagaray, Mary Zurbano, Maite Beitia, Guadalupe Serrano, Marta García, Mila Bretón

Umschlaggestaltung und Layoutkonzept: Rosendahl Berlin – Agentur für Markendesign

Layout und technische Umsetzung: Ungermeyer grafische Angelegenheiten

www.cornelsen.de

Für die Nutzung des kostenlosen Internetangebots zum Buch gelten die allgemeinen Geschäftsbedingungen (AGB) des Internetportals *www.cornelsen.de*, die jederzeit unter dem entsprechenden Eintrag abgerufen werden können.

Die Mediencodes enthalten zusätzliche Unterrichtsmaterialien, die der Verlag in eigener Verantwortung zur Verfügung stellt.

Die Cornelsen Lernen App ist eine fakultative Ergänzung zu ¡Apúntate! 1, die die inhaltliche Arbeit begleitet und unterstützt. Als solche unterliegt sie nicht der Genehmigungspflicht.

Soweit in diesem Lehrwerk Personen fotografisch abgebildet sind und ihnen von der Redaktion fiktive Namen, Berufe, Dialoge und Ähnliches zugeordnet oder diese Personen in bestimmte Kontexte gesetzt werden, dienen diese Zuordnungen und Darstellungen ausschließlich der Veranschaulichung und dem besseren Verständnis des Inhalts.

1. Auflage, 1. Druck 2024

Alle Drucke dieser Auflage sind inhaltlich unverändert und können im Unterricht nebeneinander verwendet werden.

Druck: AZ Druck und Datentechnik GmbH, Kempten

ISBN: 978-3-06-122989-4

PEFC
PEFC/04-31-2260

PEFC-zertifiziert
Dieses Produkt stammt aus nachhaltig bewirtschafteten Wäldern und kontrollierten Quellen
www.pefc.de

Wegweiser

Dein **Cuaderno de ejercicios** folgt genau der Reihenfolge deines Spanischlehrbuchs:
Du findest hier also **¡Apúntate!**, die **Unidades 1–5** und die **Módulos 1–5**.
Was es sonst noch gibt, erfährst du hier:

1 Wie viele *Unidades* gibt es?	Mit einer Rallye entdeckst du gleich zu Beginn dein Spanischlehrbuch.
(Audio-Symbol)	Hier kannst du eine Audiodatei anhören. Du gelangst über die Cornelsen Lernen App zu deinen Audios.
(Partner-Symbol)	Im **Cuaderno** gibt es auch Aufgaben, die du mit einer anderen Person bearbeiten sollst. Meistens sind es Rollenspiele oder Tandembögen. Du findest sie am Ende des Arbeitsheftes.
▶ Destrezas, p. 138/17	Dieser Pfeil verweist dich auf dein Spanischbuch, hier auf die Seite 138 im Methodenteil, den **Destrezas**, und zwar Abschnitt 17: „globales Hörverstehen".
(Film-Symbol)	Erklärfilme helfen dir auch im **Cuaderno**. Du findest sie in der Cornelsen Lernen App.
☆	Aufgaben, die mit einem hellen Stern gekennzeichnet sind, sind etwas einfacher.
★	Aufgaben mit einem dunklen Stern bieten dir mehr Herausforderungen.
Mi página	In jeder **Unidad** gibt es eine Seite für dich, auf der du gleich praktisch anwenden kannst, was du gelernt hast.
Taller	Außerdem gehört zu jeder **Unidad** ein **Taller**, also eine Werkstatt, in der du das Hörverstehen trainierst.
Autocontrol	Schließlich findest du am Ende jeder **Unidad** Aufgaben zu Wortschatz und Grammatik, mit denen du deinen Lernstand selbst überprüfen kannst.
(App-Symbol)	Die Lösungen der **Talleres** und der **Autocontrol**-Seiten findest du in der Cornelsen Lernen App (siehe Seite 1).
	Am Ende dieses Arbeitsheftes wartet noch eine spannende Bild-Geschichte mit der Pandilla auf dich.
Lee el texto.	Auf der vorderen Umschlaginnenseite findest du eine Übersicht der Arbeitsanweisungen in den Aufgaben.
¿Qué?	Auf der hinteren Umschlaginnenseite gibt es Tipps zum Schreiben auf Spanisch mit dem Computer oder Tablet.

¡Descubre tu libro de español!

Mit dieser Rallye lernst du dein Spanischbuch kennen. Blättere im Buch, um alle Fragen beantworten zu können. Ihr könnt auch zu zweit arbeiten.

1

Wie viele *Unidades* und wie viele *Módulos* gibt es in *¡Apúntate!* 1?

Es gibt ____ *Unidades* und ____ *Módulos*.

2

Aus welchen fünf Teilen besteht eine *Unidad*? Schaue auf den gelben Balken am oberen Seitenrand in deinem Spanischbuch.

____

____

3

Wie heißen die fünf Jugendlichen, die dich durch dein Buch begleiten? Kreuze an!

☐ Daniel	☐ Carlos	☐ Álex
☐ Pau	☐ Nora	☐ Julia
☐ Ana	☐ Lili	☐ Ismael

4

Du möchtest herausfinden, wie du am besten Vokabeln lernst. Wo im Buch findest du Tipps dafür?

Auf der Seite: ______________________

5

a Zu deinem Buch gibt es Videos und Audios. Wie findest du sie? Wo im Buch stehen Hinweise dazu?

Auf den Seiten ______________________

b Welches Symbol im Buch steht für Audios, welches für Filme? Ordne zu. Achtung: ein Symbol bleibt übrig!

- ______________
- ______________
- ______________

11

Finde heraus, was „ahora" auf Deutsch heißt. Wo findest du diese Information?

„Ahora" heißt: ______________.

Diese Information finde ich auf der Seite

____

12

Wo findest du Wörter und Sätze, um deinen Wohnort zu beschreiben? Nenne zwei Stellen.

- ______________________________
- ______________________________

13

Du willst deine Telefonnummer angeben. Wo findest du die Zahlen bis 100?

Auf der Seite ______________

10

Wo schlägst du nach, um die Formen des Verb **ser** zu lernen?
Es gibt zwei Möglichkeiten.

- ______________________
- ______________________

9

Lies den Eintrag zu „la información“ auf S. 159. Worauf macht dich das Symbol der britischen Flagge aufmerksam?

____

____

____

____

____

____

6

Bei manchen Aufgaben findest du diesen Hinweis: B ▶ p. 124. Was sollst du da tun?

- ☐ Wenn du mit der Aufgabe fertig bist, löst du eine Zusatzaufgabe auf S. 124.
- ☐ Ihr arbeitet zu zwei. Eine/r von euch schlägt die S. 124 auf.

8

a In der Vokabelliste ab S. 155 findest du alle Vokabeln. Wie viele Spalten hat diese Liste? Kreuze an.

☐ 2 ☐ 3 ☐ 4 ☐ 5

b Was steht immer in der linken Spalte? Und was in der Mitte?

Links steht ______________________

____

In der Mitte steht

____

____

____

____

7

Schlage Seite 155 auf.
Was bedeuten die Abkürzungen und Symbole?

❗ ______________________

f. ______________________

jdn ______________________

→ ______________________

____

15

Finde auf der Karte von Lateinamerika in deinem Buch vier Hauptstädte spanischsprachiger Länder.

____

____

____

____

____

____

14

Finde auf der Spanienkarte in deinem Buch drei Flüsse, die durch Spanien fließen.

____

____

____

Practicar

1 Ordne die Begrüßungs- und Abschiedsformeln den Fotos zu und schreibe sie in die Sprechblasen.

Hola, ¿qué tal? | ¿De dónde eres? | Muy bien, gracias. | Soy de Madrid.
¿Cómo te llamas? | Hasta luego. | Me llamo Pau. | Adiós.

1

2

3
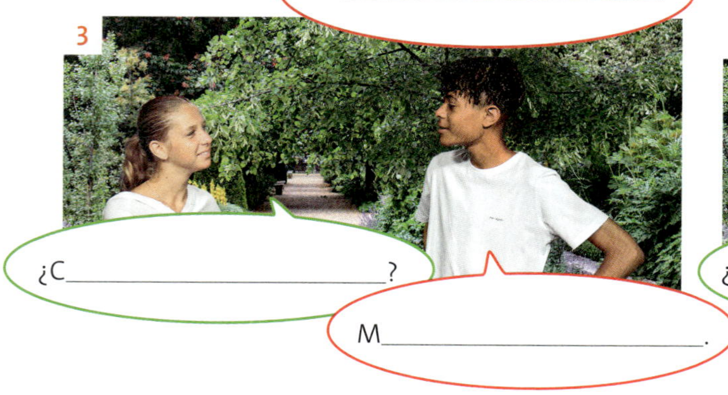

4

2 Wer ist wie alt auf der Geburtstagsfeier? Schreibe die Ziffern in die Sätze in den Sprechblasen.

8 • 10 • 12 • 13 • 14 • 20

Escuchar

3 Verbinde die Zahlen in der Reihenfolge, in der du sie hörst. Was siehst du?

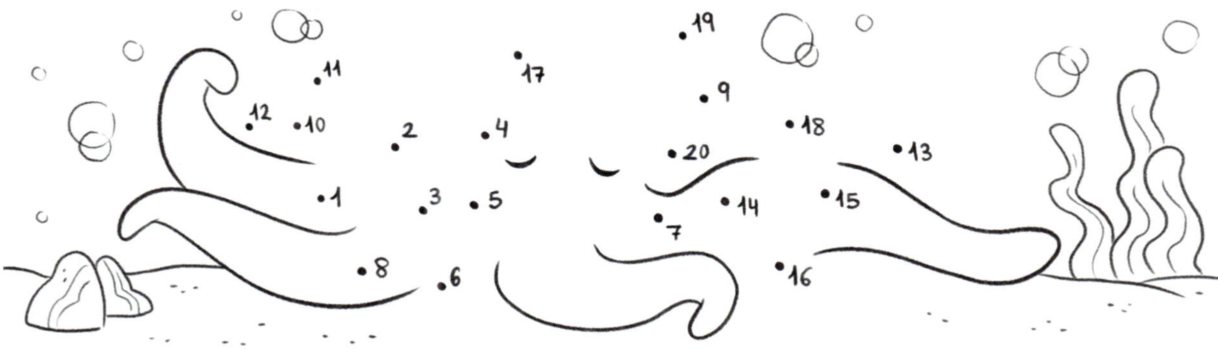

4 a Diese fünf Jugendlichen wirst du durch ihren Alltag begleiten. In ihren Steckbriefen fehlen noch Informationen. Höre dir die Dialoge mehrmals an und ergänze sie. ▶ Destrezas, p. 138/18

Me llamo *Nora* ____________

Ortiz Flores.

Tengo ____________ años.

Soy de ____________.

–¿Qué tal? –____________.

Me llamo ____________

González Pérez.

Tengo ____________ años.

Soy de ____________.

–¿Qué tal? –____________.

Me llamo ____________

Bentaleb Mernisi.

Tengo ____________ años.

Soy de ____________.

–¿Qué tal? –____________.

Me llamo ____________

Ruiz Martín.

Tengo ____________ años.

Soy de ____________.

–¿Qué tal? –____________.

Me llamo ____________

García Puig.

Tengo ____________ años.

Soy de ____________.

–¿Qué tal? –____________.

Me llamo ____________

____

Tengo ____________ años.

Soy de ____________.

–¿Qué tal? –____________.

b Klebe ein Foto oder male ein Bild von dir in das freie Feld und ergänze deine eigenen Angaben.

El mundo del español

5 a **Deine Spanienkarte: Höre die Zahl und den Namen der Comunidad Autónoma und trage die richtige Zahl neben dem Namen ein.** ▶ Karte vordere Umschlagseite im Buch

> Spanien ist gegliedert in 17 Regionen, die „Comunidades Autónomas“. Wie viele Bundesländer gibt es in Deutschland?

[1] Andalucía	[ ] Canarias	[ ] Baleares	[ ] Castilla y León
[ ] Navarra	[ ] Galicia	[ ] Cataluña	[ ] Murcia
[ ] Castilla-La Mancha	[ ] Asturias	[ ] Madrid	[ ] País Vasco
[ ] Aragón	[ ] Extremadura	[ ] Cantabria	[ ] La Rioja
[ ] Comunidad Valenciana			

b **Welche Comunidades Autónomas liegen am oder im Mittelmeer?**

____

____

____

6 **Schreibe die Namen der Länder, in denen Spanisch gesprochen wird, an die passenden Stellen in dieser Karte von Lateinamerika.** ▶ Karte hintere Umschlagseite im Buch

Argentina • Bolivia • Chile • Colombia • Costa Rica • Cuba • Ecuador • El Salvador • Guatemala • Honduras • México • Nicaragua • Panamá • Paraguay • Perú • República Dominicana • Uruguay • Venezuela

En el barrio

1 ¿Qué lugares son? Escribe los nombres debajo de las imágenes. Sobran dos lugares. | Welche Orte sind das? Schreibe die passenden Namen unter die Bilder. Zwei Orte bleiben übrig.

la plaza • el parque • la tienda • el centro comercial • el café
la biblioteca • el instituto • el quiosco

el ____________

la ____________

____

____

____

____

2 Apunta la traducción de estas palabras españolas en inglés, alemán y –si quieres– en otra lengua. | Notiere die Übersetzung dieser spanischen Wörter auf Englisch, Deutsch und – wenn du magst – in einer weiteren Sprache. ▶ Destrezas, p. 134/2

spanisch	englisch	deutsch	andere Sprachen
¡Hola!			
el parque			
la montaña	*the mountain*		
el restaurante			*restoran*
la lengua			
la escuela			

Viele Wörter, die im Deutschen mit „s" anfangen, beginnen im Spanischen mit „es". Wenn du dir das „e" am Anfang wegdenkst, kommst du leichter auf ein bekanntes Wort, z. B. **escuela** → „scuela" → school (engl.) / Schule (dt.) oder **España** → „Spaña" → Spain (engl.) / Spanien (dt.). Probiere es bei neuen Vokabeln aus!

3 ¿Masculino o femenino? Escribe las palabras con el artículo correcto en la ficha correspondiente. |
Männlich oder weiblich? Schreibe die Substantive mit dem passenden Artikel auf die richtige Karteikarte.

~~quiosco~~ • parque • centro comercial • plaza • heladería • mercado •
café • tienda • instituto • biblioteca • barrio • ciudad

männlich	weiblich
el quiosco, ______	______
______	______
______	______
______	______

4 Escucha y marca con números qué lugar se menciona en cada uno de los cuatro diálogos. |
Höre zu und markiere mit Zahlen, welcher Ort in welchem der vier Dialoge erwähnt wird.

¡Somos amigos!

Comprender el texto

1 a **Escribe los nombres de los jóvenes al lado de las fotos. | Schreibe die Namen der Jugendlichen neben die Fotos.**

Ella es ____________

Ellos son ____________
____

Él es ____________

Ellas son ____________
____

b **Lee el texto en el libro (p. 22) y completa las frases con los nombres correctos. | Lies den Text im Buch (S. 22) und ergänze die Sätze mit den richtigen Namen.**

1. Es de Valencia. Es ____________
2. Son amigas de Lili. Son ____________
3. Es la vecina de Pau. Es ____________
4. Es el amigo de Lili. Es ____________

Practicar

2 a **Escribe las frases debajo de los dibujos. | Schreibe die passenden Sätze unter die Bilder.**

Yo soy Pau. | Ellos son vecinos. | Nosotros somos amigos. | Ella es de Valencia. | Tú eres la nueva, ¿verdad? | ¿Vosotras sois de Madrid?

____

____

____

____

____

____

b Escribe los pronombres y las formas de los verbos **sein** y **ser** en la tabla. | Trage die Pronomen und die Formen der Verben **sein** und **ser** in die Tabelle ein.

Auf Spanisch verwendest du die Personalpronomen (**yo**, **tú** usw.) nur, wenn du betonen willst, wer wer ist. Achtung: Im Plural unterscheidest du auf Spanisch immer zwischen weiblichen und männlichen Personen.

	Deutsch	Spanisch
1. Pers. Sg.	*ich bin*	[______] ______
2. Pers. Sg.	______	[______] ______
3. Pers. Sg.	______	[*él* ______ / ______] ______
1. Pers. Pl.	______	[______ / *nosotras*] ______
2. Pers. Pl.	______	[*vosotros* / ______] ______
3. Pers. Pl.	______	[______ / *ellas*] ______

c Completa las frases con las formas del verbo **ser**. | Vervollständige die Sätze mit den Formen des Verbs **ser**.

Ismael: Hola, ______ (*ser*/yo) Ismael. Y tú, ¿quién ______?

Marga: ______ Marga. Y ellos, ¿quiénes ______?

Ismael: Ellos ______ Ana y Mateo. ______ amigos.

Marga: Hola Ana, hola Mateo, ¿de dónde ______?

Ana y Mateo: ______ de Valencia.

Marga: Mateo, ¿Ana ______ la vecina de Carlos?

Mateo: Sí, Ana ______ la vecina y también la amiga de Carlos.

Marga: Muy bien. Nosotras también ______ amigas.

3 Escribe «**quién**» o «**quiénes**» en los bocadillos. | Schreibe „**quién**“ oder „**quiénes**“ in die Sprechblasen.

1

2

3

4

4 Escribe las palabras con el artículo determinado en singular y plural. | Schreibe die Wörter mit dem bestimmten Artikel im Singular und Plural auf.

el mercado

los mercados

Pronunciar

5 a Lee los nombres en voz alta. Luego escucha y marca los nombres que escuchas. | Lies die Namen laut vor. Dann höre zu und kreuze alle Namen an, die du hörst.

1. ☐ Cáceres ☐ Cádiz ☐ Castellón ☐ Córdoba ☐ Cartagena
2. ☐ Murcia ☐ Cuenca ☐ Ciudad Real ☐ Salamanca ☐ Santa Cruz
3. ☐ Andalucía ☐ Alicante ☐ Alcudia ☐ Albacete ☐ Alcoy
4. ☐ Canarias ☐ Cantabria ☐ Galicia ☐ Castilla ☐ Cataluña

b ¿Dónde escuchas una **k**? Marca. | Wo hörst du ein **k**? Kreuze an.

☐ 1. clase ☐ 2. quien ☐ 3. cuando ☐ 4. parque

☐ 5. vecina ☐ 6. qué ☐ 7. centro ☐ 8. mercado

c Escucha otra vez todas las palabras del ejercicio **5b** y completa la regla. | Höre dir alle Wörter aus Aufgabe **5b** noch einmal an und ergänze die Regel.

Auf Spanisch wird das **c** vor **Konsonanten**, vor ______, **o** und ______ als **k** gesprochen. Vor **e** und ______ wird das **c** in Spanien wie das englische **th** in *think* gesprochen. **Qu** sprichst du auf Spanisch wie ______ aus.

Escuchar

6 Escucha y ordena los dibujos. | Höre zu und nummeriere die Bilder in der Reihenfolge der Dialoge.

Escribir

7 Escribe lo que sabes sobre los jóvenes. | Schreibe auf, was du über die Jugendlichen weißt.

Este es Pau. Es el vecino de Lili. Es el nuevo.

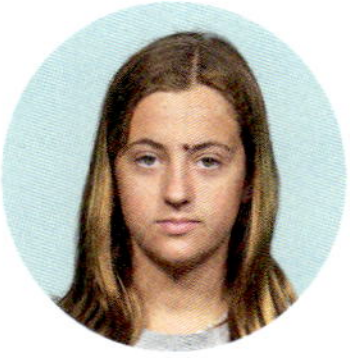

¿Quedamos por la tarde?

Comprender el texto

1 **Lee el texto en el libro (p. 26) y relaciona las frases. | Lies den Text im Buch (S. 26) und verbinde die Sätze.**

1. Los chicos pasan la tarde	a. no estudian.
2. Por la tarde Pau escucha	b. en la heladería.
3. Pau toca	c. en el parque.
5. Lili busca información	d. en la biblioteca.
6. Los chicos toman algo	f. música.
7. En la heladería los amigos	g. la guitarra.

Practicar

2 **Lili y Álex hablan en el parque. Completa el diálogo con los pronombres. |**
Lili und Álex unterhalten sich im Park. Vervollständige den Dialog mit yo, tú, él, ella und ellos.

1. –Soy de Madrid. ¿Y ______________?

 –______________ también soy de Madrid.

2. –¿Quién es la chica? –¿______________? Es Marga.

3. –¿Quiénes son ______________?

 –Son Ismael y Pau, son amigos.

4. –Y el chico, ¿quién es? –¿______________? Es Amir, el hermano[1] de Ismael.

[1] **el hermano** *der Bruder*

3 a **Completa la tabla con las formas del verbo buscar. | Vervollständige die Tabelle mit den Formen des Verbs buscar.**

buscas | busco | buscamos | buscan | buscáis | busca

singular		plural	
[yo]	______________	[nosotros/-as]	______________
[tú]	______________	[vosotros/-as]	______________
[él/ella]	______________	[ellos/ellas]	______________

b **Escribe una frase con cada persona del verbo buscar. | Schreibe je einen Satz mit jeder Person des Verbs buscar.**

1. *Busco la plaza.*
2. ______________
3. ______________
4. ______________
5. ______________
6. ______________

4 a **Ordena las formas de los verbos en la tabla. | Ordne die Verbformen in die Tabelle ein.**

~~soy~~ | ~~estudias~~ | busco | miramos | escucha | pasáis | miran | son | eres | tocas | charla | somos | es | quedan | sois | tomamos | busca | quedo | descansamos | tocan | escuchas | buscan | descansa | buscáis | tomo | mira | charlamos | tomáis | charlan

persona	ser	verbos en -ar
[yo] (ich)	*soy*	
[tú] (du)		*estudias*
[él/ella] (er/sie)		
[nosotros/nosotras] (wir)		
[vosotros/vosotras] (ihr)		
[ellos/ellas] (sie)		

b **Los jóvenes charlan. Completa el diálogo con las formas correctas de los verbos. | Die Jugendlichen unterhalten sich. Vervollständige den Dialog mit den passenden Verbformen.**

Álex & Nora: ¡Hola! Tú ______ (*ser*) Pau, ¿no?
Nosotras ______ (*ser*) Álex y Nora.
¿De dónde ______ (*ser*/tú)?

Pau: ______ (*ser*/yo) de Valencia.
Y vosotras, ¿de dónde ______ (*ser*)?

Álex & Nora: ______ (*ser*/nosotras) de Madrid.
Mira, este ______ (*ser*/él) Ismael.

Pau: Hola, Ismael, ¿qué tal? ¿______ (*estudiar*/tú) por la tarde?

Ismael: Claro, ______ (*estudiar*/yo), pero también ______ (*escuchar*/yo) música y ______ (*mirar*/yo) cómics. ¿______ (*quedar*/vosotros) por la tarde?

Álex: Sí, ______ (*quedar*/nosotros) en el parque, ______ (*charlar*/nosotros), ______ (*descansar*/nosotros) y ______ (*tomar*/nosotros) algo.

Pau: Yo ______ (*quedar*) también con vosotros y ______ (*tocar*/yo) la guitarra.

Ismael: ¿______ (*tocar*/tú) la guitarra? ¡Genial!

5 **Una amiga española te hace preguntas. Contesta con la negación y escribe lo que es correcto. |**
Eine Freundin aus Spanien stellt dir Fragen. Antworte mit der Verneinung und schreibe, was richtig ist.

1. –¿Lili es la vecina de Ismael? –No, Lili *no es la vecina de Ismael, es* ______________________

____

2. –¿Los amigos quedan en el instituto? –No, ______________________

____

3. –¿Nora mira cómics en la biblioteca? –No, ______________________

____

4. –¿Tú tienes 18 años? –No, *(yo) no tengo* ______________________

____

5. –¿Eres de Madrid? –No, ______________________

____

☆ **6** **Conoces a Lili. Relaciona las preguntas con las respuestas correctas. |**
Du lernst Lili kennen. Verbinde die Fragen mit den richtigen Antworten.

1. ¡Hola! ¿Tú eres Lili?
2. Yo soy / Me llamo [...]. ¿Qué tal?
3. ¿De dónde eres?
4. ¿Cómo pasas la tarde?
5. ¿Quién es él?
6. ¿Y quiénes son ellas?

a. Muy bien.
b. Soy de España, de Madrid.
c. Sí, soy Lili. ¿Y tú?
d. Este es Pau, el nuevo.
e. Normalmente estudio y quedo con amigos.
f. Son Álex y Nora.

★ **7** a **Estás en Madrid y hablas con Ismael. Escribe el diálogo. |**
Du bist in Madrid und sprichst mit Ismael. Schreibe den Dialog auf.

Du begrüßt Ismael und fragst, wie es ihm geht. ______________________

Ismael geht es sehr gut. Er fragt, wie du heißt. ______________________

Du sagst deinen Namen und fragst Ismael, woher er kommt. ______________________

____

Ismael antwortet, dass er aus Madrid kommt. ______________________

Du fragst ihn, wie er seinen Nachmittag verbringt. ______________________

Ismael antwortet, dass er sich in der Eisdiele trifft und etwas trinkt. ______________________

Du findest das gut und verabschiedest dich. *Ah, muy bien.* ______________________

b Haced el diálogo. | Spielt den Dialog zu zweit.

8 Elige dos actividades por persona y describe lo que hace cada una. | Wähle je zwei Aktivitäten für jede Person aus und schreibe auf, was sie tut.

1. Pau *escucha música y* ___
2. Nora ___
3. Álex ___
4. Lili y Pau ___
5. Ismael ___

Hablar

9 Haced el tándem en la p. 94. | Bearbeitet den Tandembogen auf S. 94.

1 Mi página

facultativo

Tu foto

Soy yo

Me llamo ______________________

Tengo ______________________ años.

Soy de ______________________

Estas actividades ya las conozco. | **Diese Aktivitäten kenne ich schon.**

Por la tarde, yo normalmente ______________________

____

____

Aquí quedo con mis amigos. | **Hier treffe ich mich mit meinen Freunden.**

Los amigos y yo quedamos normalmente en ______________________

____

____

facultativo

1 **Escucha y contesta: ¿dónde quedan los amigos? ¡Ojo!: sobra un lugar. | Höre gut zu und antworte: Wo treffen sich die Freunde? Achtung: Ein Ort bleibt übrig.**

▶ Destrezas, p. 138/17

Lies die Arbeitsanweisung und betrachte die Bilder. Dann lehne dich zurück, schließe die Augen und höre zu. Konzentriere dich auf die Geräusche.

Los amigos quedan en [...] 1. *el parque* ______________.

2. ______________. 4. ______________.

3. ______________. 5. ______________.

2 **Escucha varias veces y subraya la sílaba tónica como en el ejemplo. | Höre mehrmals zu und unterstreiche jeweils die betonte Silbe im Wort, wie im Beispiel.**

Du sollst die betonte Silbe erkennen. Lies die Wörter vor dem Hören und unterstreiche mit Bleistift die betonte Silbe, wie im Beispiel. Höre dann ein- oder mehrmals zu und überprüfe deine Vermutung.

1. quié-nes	2. so-mos	3. ha-bláis	4. a-quí	5. bi-blio-te-ca
6. gui-ta-rra	7. in-for-ma-ción	8. mú-si-ca	9. ca-sa	10. nor-mal-men-te
11. char-lar	12. pla-za	13. es-tu-dio	14. quios-co	15. es-tu-dia-mos

facultativo

3

Escucha y marca el dibujo correcto. | Höre zu und kreuze das richtige Bild an.

▶ Destrezas, p. 138/18

Hier sollst du heraushören, um wie viele Personen es geht. Sieh dir an, was die Personen tun. Dann höre zu und konzentriere dich auf die Verbform: Ist sie im Singular oder im Plural?

1 a ☐

b ☐

2 a ☐

b ☐

3 a ☐

b ☐

4 a ☐

b ☐

4

Escucha y escribe la palabra que falta. | Höre zu und ergänze das fehlende Wort.

▶ Destrezas, p. 138/18

Lies den Dialog und überlege dir, welches Wort fehlen könnte. Schreibe es mit Bleistift hin. Dann konzentriere dich beim Hören auf das fehlende Wort.

Ismael: Hola Pau, ¿qué ____________?

Pau: Hola Ismael, pues ____________ bien.

Ismael: ¿Quedamos con Lili y Nora en el ____________?

Pau: Sí, genial. ¿Miramos ____________?

Ismael: No, no miramos cómics. ¿Tomamos ____________?

Pau: Sí, en la ____________.

▶ Soluciones

Gramática

1 **Completa el diálogo con las formas de ser. | Vervollständige den Dialog mit den Formen von ser.**

Nora: ¡Hola! ______ Nora, y este ______ Ismael. Tú ______ Pau, ¿no?

Pau: Sí, ______ Pau, ______ de Valencia. Y vosotros, ¿de dónde ______?

Ismael: Nosotros ______ de Madrid, pero mi madre y mi padre[1] ______ de Argelia[2].

1 mi madre y mi padre *meine Mutter und mein Vater* **2 Argelia** *Algerien*

2 **Los verbos en -ar: Completa el texto con las formas correctas de los verbos. | Vervollständige den Text mit den richtigen Verbformen.**

Nora ______ (*estudiar*) con Lili. Después ______ (*escuchar*/ellas) música, ______ (*mirar*/ellas) vídeos y ______ (*charlar*/ellas). ¡Rrring! ¡Es Álex!

Álex: Hola, ¿______ (*estudiar*/vosotras) o ______ (*descansar*/vosotras)?

Nora: ______ (*charlar*/nosotras). Y tú, ¿______ (*estudiar*)?

Álex: No, yo ______ (*mirar*) vídeos. ¿______ (*quedar*/nosotras) en el parque?

3 **La negación: Escribe las respuestas con la negación en frases completas. | Schreibe die Antworten als Verneinung in ganzen Sätzen auf.**

1. ¿Nora es la vecina de Pau? ______
2. ¿Álex toca la guitarra? ______
3. ¿Los amigos quedan en el café? ______
4. ¿Nora es de Barcelona? ______
5. ¿Ismael es el nuevo de la clase? ______
6. ¿Lili estudia en la biblioteca? ______

4 **Completa las preguntas con los pronombres interrogativos. | Ergänze jeweils das passende Fragewort: ¿quién?, ¿quiénes?, ¿cómo?, ¿dónde?, ¿de dónde?, ¿qué?.**

1. ¿______ son las chicas? ¿Son Nora y Álex?
2. ¿______ te llamas? ¿Lili?
3. ¿______ es Pau? ¿De Madrid?
4. ¿______ tal? ¿Bien?
5. ¿______ es el chico? ¿Es Ismael?
6. ¿______ toman algo? ¿En la heladería?

1 Módulo

Vocabulario

1 Busca las palabras en la sopa de letras y apúntalas. | Suche die Wörter in der Buchstabensuppe und schreibe sie auf.

E	P	A	P	E	L	E	R	A	H
S	A	L	E	M	Á	N	I	K	A
P	R	O	F	E	S	O	R	A	L
A	A	G	I	S	I	L	O	S	U
Ñ	O	C	H	A	L	U	K	E	M
O	R	G	A	U	L	A	L	I	N
L	P	A	L	F	A	B	E	T	O
Y	P	M	O	C	H	I	L	A	P

el alumno ____________

____

____

____

____

____

____

____

____

____

2 ¿Cuántas cosas encuentras en la clase de Lili? Completa la lista del conserje. | Wie viele Dinge findest du in Lilis Klasse? Ergänze die Liste des Hausmeisters.

10 ____________

2 ____________

_____ tabletas

1 ____________

1 ____________

_____ libros

_____ lápices

16 ____________

14 ____________

11 ____________

y 8 *sillas* ________ en la pizarra y en el póster 😉

____

Aprender mejor

3 **Wörter in einer Mindmap lernen** ▶ Destrezas, p. 136/12

la mesa	el boli	la mochila	
la papelera	la pizarra	el estuche	
el lápiz	el cuaderno	el libro	la silla

Wörter, die thematisch zusammengehören, lernst du am besten auch gleich gemeinsam. Eine Mindmap hilft dir dabei. Probiere es gleich einmal aus und ordne diese Wörter in einer Mindmap zum Thema „el aula“.

Practicar

4 **Completa con las palabras que faltan. | Ergänze die fehlenden Wörter.**

1. –¿__________ se dice «die Frage» en __________?

–Se dice «la __________».

2. –¿Y cómo __________ «die __________» en español?

–Se dice «__________ respuesta».

3. –¿Cómo se __________ «respuesta»?

–__________ escribe: erre-e-ese-pe-u-e-ese-te-a.

Escuchar

5 **¿Cómo se dicen estas cosas en español? Escucha y apunta. | Wie nennt man diese Dinge auf Spanisch? Höre zu und notiere.**

A a	B be	C ce	D de	E e	F efe	G ge
H hache	I i	J jota	K ka	L ele	M eme	N ene
Ñ eñe	O o	P pe	Q cu	R erre	S ese	T te
U u	V uve	W uve doble	X equis	Y i griega	Z zeta	

1

2

3

la __________ *las* __________ *el* __________

Mi habitación

1 ¿Cómo se dice «die Treppe» en español? Escribe los nombres de las cosas. | Wie sagt man „die Treppe“ auf Spanisch? Schreibe die Namen der Dinge in die Kästchen.

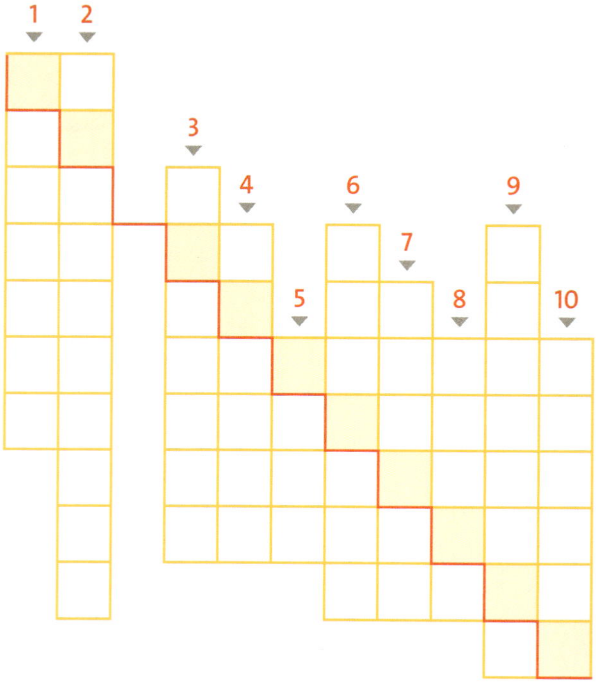

Solución: die Treppe = ______________________

2 a Relaciona los artículos y las sílabas. Apunta las palabras. | Verbinde die Artikel und die Silben. Schreibe die Wörter auf.

una	es	pe	to		
un	ha	ta	te		
una	pa	so	voz	ra	
un	es	pe	ta	ción	
una	con	tan	le	rio	
un	es	bi	la	rí	a
una	al	cri	jo		

una papelera, ______________________

____

____

b Escucha y controla si has encontrado todas las palabras. | Höre zu und überprüfe, ob du alle Wörter gefunden hast.

3 Escucha los tres diálogos y marca de qué habitación hablan. Sobra una. | Höre die drei Dialoge und markiere, von welchem Zimmer gesprochen wird. Eines bleibt übrig. ▶ Destrezas, p. 138/19

Aprender mejor

4 ¡Dibuja con palabras! | Zeichne mit Worten! Neue Wörter kannst du dir besser merken, wenn du ein „Wörterbild“ zeichnest. Zeichne und schreibe an diesem Zimmer weiter.

Mi habitación, mi mundo

Comprender el texto

1 a **Lee el texto en tu libro (p. 42). Luego lee estas frases, busca los errores y corrígelos. | Lies den Text in deinem Buch (S. 42). Lies anschließend diese Sätze, finde die Fehler und schreibe die richtigen Wörter auf**

1. Nora vive en un piso en el centro de ~~Valencia~~. *Madrid*
2. Nora comparte un bocadillo con Amaia. ______________________
3. Nora y Amaia toman la merienda en el salón. ______________________
4. Nora y Amaia practican el alfabeto. ______________________
5. Ismael lee libros. ______________________
6. Ismael aprende cosas sobre Madrid. ______________________
7. Ismael y Amir a veces discuten. ______________________
8. Ismael y Amir hacen los deberes en la habitación. ______________________

★ **b** **Escribe otras dos frases con errores. Tu compañero/-a tiene que corregirlas. | Schreibe zwei weitere falsche Sätze. Dein/e Mitschüler/in muss sie korrigieren.**

____

____

Vocabulario

2 **Completa las palabras y los artículos y escribe el número correcto en la imagen. | Vervollständige die Wörter und Artikel und schreibe die passende Zahl an das Bild.**

1 ▸				U			O				
2 ▸				E				O			
3 ▸				I			Ó				
4 ▸				E		Í		U		A	
5 ▸				Ó		I					
6 ▸				E		I			A		
7 ▸				O		A					O
8 ▸				U		O					

☐ 

☐ 

☐ 

☐ 

☐ 

☐ 

☐ 

☐ 

Practicar

3 Completa las formas de los verbos en los patos. | Schreibe die Verbstämme aus dem Kasten in die Bäuche der Enten und ergänze dann auf den Federn die passenden Endungen. ▶ Los verbos, p. 148/2

~~busc-~~ • ~~beb-~~ • escond- • discut- • char - • viv- • escuch- • com- • respond- • compart- • escrib-

4 Un gusano se ha comido algunos verbos. Completa la tabla con las palabras que se ha tragado. | Ein Bücherwurm hat sich durch die Verbtabelle gefressen. Ergänze die Teile, die er verschlungen hat.

	hacer	ver
1. Pers. Sg.		
2. Pers. Sg.	haces	ves
3. Pers. Sg.	hace	
1. Pers. Pl.		vemos
2. Pers. Pl.	hacéis	
3. Pers. Pl.		ven

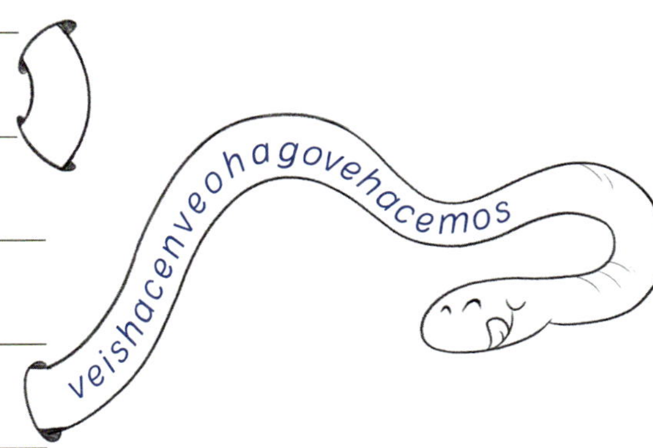

☆ **5** Tacha las formas incorrectas. | Streiche die falschen Verbformen durch.

1. –¿Vosotros **viven / vivís / vivimos** en Madrid?
   –No, él **vive / vivo / viven** en Valencia y yo **vivís / vivo / vivimos** en Barcelona.
2. –¿Qué **como / come / coméis** vosotras?
   –Nosotras **comes / comemos / comen** un bocadillo. Y tú, ¿qué **comes / coméis / come**?
3. –Yo **ves / veis / veo** una película. ¿Vosotros también **ve / veis / ven** una película?
   –No, nosotros **veo / vemos / ves** un vídeo en el móvil.
4. –¿Qué **hacen / haces / hacéis** los chicos en la biblioteca?
   –Pues, ellos **hago / hacen / hace** los deberes aquí. Pero yo **haces / hago / hacemos** los deberes en casa.

★ 6 **Completa el texto con los verbos en la forma correcta. | Vervollständige den Text mit den Verben in der richtigen Form.**

Amaia es la hermana de Nora. Las dos __________ (*vivir*) en un piso del centro de Madrid y __________ (*compartir*) habitación. Allí, las chicas __________ (*hacer*) los deberes, __________ (*ver*) vídeos o __________ (*leer*) revistas. Pero ahora Lola __________ (*bailar*) y las chicas __________ (*discutir*).

Nora: Amaia, ¡no! Yo __________ (*hacer*) los deberes. ¿No __________ (*ver*/tú)?

Amaia: ¿Y? Yo también __________ (*estudiar*). __________ (*aprender*/yo) pasos de hip hop. ¡También __________ (*ser*) mi habitación!

Nora: Amaia, ahora __________ (*hacer*/nosotras) los deberes y después tú y yo __________ (*practicar*/nosotras) los pasos, ¿vale[1]?

[1] **vale** *einverstanden*

Amaia: Bueno, tú __________ (*hacer*) los deberes y yo __________ (*leer*) revistas. ¡Y después __________ (*bailar*/nosotras)!

Pronunciar

7 a **Escucha las formas verbales y repítelas. Subraya la sílaba tónica. | Höre die Verbformen und sprich sie nach. Unterstreiche jeweils die betonte Silbe.** ▶ Destrezas, p. 138/18

buscamos	bailo	como
bebes	vivimos	charlas
estudia	aprende	compartes
hacéis	habláis	escondemos

Die Verbformen im Singular und die der 3. Person Plural betonst du fast immer auf dem Verbstamm: **(yo) estudio**, **(ellos) estudian**.

Die 1. und 2. Person Plural betonst du auf der Endung: **(nosotras) estudiamos**, **(vosotros) estudiáis**.

b **Subraya la sílaba tónica de estas formas verbales. Luego léelas en voz alta y controla con la grabación. | Unterstreiche die betonte Silbe bei diesen Verbformen. Lies sie dann laut vor und überprüfe mit der Aufnahme.** ▶ Destrezas, p. 138/18

estudio	aprendes	vive
hacemos	compartís	discutimos
vemos	escondo	buscas
bailan	escribe	beben

Du kannst dir die Betonung besser merken, wenn du beim Sprechen der betonten Silbe in die Hände klatschst oder mit dem Fuß stampfst.

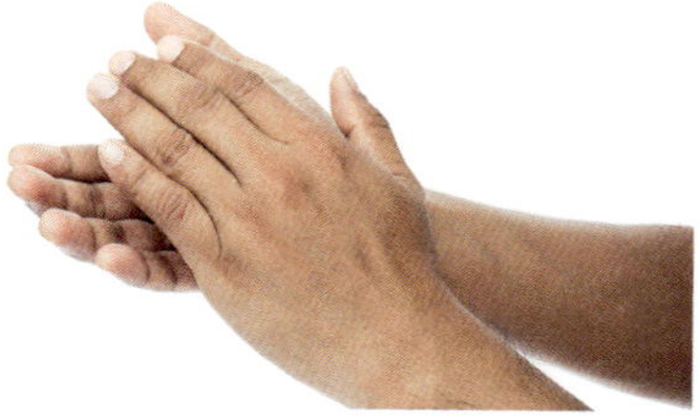

Escribir

8 a ¿Qué hacen Nora y Amaia por la tarde? Describe sus actividades. | Was machen Nora und Amaia am Nachmittag? Schreibe Sätze zu den Bildern.

1

2

3

4

5

6

b ¿Qué haces tú por la tarde? Escribe cuatro frases. | Schreibe vier Sätze darüber, was du am Nachmittag tust.

Escuchar

9 ¿Qué hacen por la tarde? Escucha la entrevista y marca con una cruz. | Was machen sie am Nachmittag? Höre das Interview und kreuze an.

	Álex	Pau	Nora	Amaia	Ismael
leer libros y cómics		X			
hacer fotos					
ver películas					
discutir					
hacer los deberes					
quedar en el parque					
comer un bocadillo					
bailar					

¿Dónde está Mango?

Comprender el texto

1 a ¿Dónde en el piso busca Álex el gato Mango? Escribe números debajo del dibujo para indicar el orden correcto (libro, p. 46). | Wo in der Wohnung sucht Álex den Kater Mango? Nummeriere unter der Zeichnung, in welcher Reihenfolge sie die Zimmer durchsucht (Buch, S. 46).

b Marca ahora dónde exactamente Álex busca el gato. | Kreuze nun an, wo genau Álex den Kater sucht.

[1] el salón   [ ] la cocina   [ ] el baño   [ ] la habitación de la madre

Vocabulario

2 Mira otra vez el dibujo del ejercicio 1. ¿Qué hay en el piso de Álex? Apunta todas las cosas que ves. | Sieh dir noch einmal das Bild in Übung 1 an. Was gibt es in Álex' Wohnung? Schreibe alle Dinge auf, die du in den Zimmern siehst.

1. En el salón hay *un sofá,* ______________________

____

2. En la cocina hay ______________________

____

3. En el baño hay *un váter[1],* ______________________

____

4. En la habitación de la madre hay ______________________

____

1 el váter *das WC*

Practicar

3 a **Completa las formas del verbo estar con las terminaciones. | Ergänze die Endungen des Verbs estar.** ▶ Los verbos, p. 148

-á • -oy • -áis • -amos • -án • -ás

[yo] est___	[tú] est___	[él/ella] est___
[nosotros/-as] est___	[vosotros/-as] est___	[ellos/-as] est___

b **Completa el diálogo con las formas del verbo estar. | Setze die Formen des Verbs estar im Dialog ein.**

Pau: Hola, Nora, ¿dónde ___?

Nora: Yo ___ en casa.
Lili también ___ aquí.
Y tú, ¿dónde ___?

Ismael: Amir y yo ___ delante de la heladería. ¿Tomamos algo?

Nora: Ahora no. Hacemos los deberes.
¿Dónde ___ (vosotros) después?

Ismael: En el parque. Alex y Pau también ___ ahí.

4 a **¿Dónde está Mango? Escribe las preposiciones debajo de las imágenes. | Wo ist Mango? Schreibe die Präpositionen unter die Bilder.**

debajo de • detrás de • al lado de • en • delante de • encima de • entre

Die Präposition **en** bedeutet „in", „an" oder „auf". Willst du genauer sein, dann verwende **encima de** für „auf".

1

___

2

___

3

___

4

___

5

___

6

___

7

___

8

___

▶▶▶

b Escribe seis frases como en el ejemplo. | Schreibe sechs Sätze wie im Beispiel.

Mango está encima del armario.

___

___

___

___

___

5

Pau cuenta de su vida. Pon no en los lugares correctos. | Pau erzählt von sich. Setze no an die richtigen Stellen.

Achtung: Das Verneinungswort **no** („nicht", „kein") steht immer direkt vor dem konjugierten Verb:
Pau **no** habla alemán. (Pau spricht NICHT Deutsch.)
Lili **no** tiene gato. (Lili hat KEINEN Kater.)

Hola, soy Pau. Vivo en Madrid, pero *no* soy ___/___ de aquí. Soy de Valencia. Mi padre[1] vive en mi casa, pero ___ mi madre[2] ___ vive ___ aquí. Nora, Alex y Ismael ___ viven ___ en mi calle, pero Lili vive al lado. Yo como bocadillos, pero ___ como ___ pizza. Normalmente, ___ leo ___ libros, leo cómics. ¡Me encanta!

1 el padre *der Vater* 2 la madre *die Mutter*

6

Contesta con no. | Beantworte die Fragen verneinend.

1. ¿Eres Mónica? No, *no soy Mónica.*
2. ¿Tu familia vive en Barcelona? No, ___
3. ¿Estudias alemán? No, ___
4. ¿Tu padre es profesor? No, ___
5. ¿Tus abuelos[1] escuchan hip hop? No, ___

1 tus abuelos *deine Großeltern*

7

Completa con del o de la. | Ergänze mit del oder de la.

Lili busca Chispa, su perro, en su habitación. Chispa no está debajo ___ cama, tampoco está al lado ___ armario. Ahora Lili busca en el salón. Chispa no está encima ___ sofá y tampoco está detrás ___ televisión. Después, Lili busca en el baño. ¿Está debajo ___ lavabo? No, y al lado ___ ducha tampoco. Mh... Lili escucha algo en la cocina. ¡Chispa está delante ___ nevera!

8 Hoy Nora y Amaia no discuten: Amaia hace lo mismo que Nora. Completa con **también** o **tampoco**. | Heute streiten Nora und Amaia nicht: Amaia macht das Gleiche wie Nora. Vervollständige mit **también** oder **tampoco**.

Nora:	**Amaia:**
1. Escribo en mi diario.	Yo ______________ escribo en mi diario.
2. Hoy no hago deberes.	Hoy ______________ hago deberes.
3. Hoy no tomo zumo.	Hoy ______________ tomo zumo.
4. Ahora como un bocadillo.	Ahora ______________ como un bocadillo.
5. Después escucho música.	Después ______________ escucho música.
6. Pero no practico pasos de hip hop.	Yo ______________ practico pasos de hip hop.

Escuchar

★ **9** ¿De qué habitación hablan? Escucha y apunta los números. | Von welchem Zimmer wird gesprochen? Höre mehrmals und schreibe die Nummern der Sätze, die du hörst, unter die Bilder. ▸ Destrezas, p. 138/19

Bereite dich auf das Hörverstehen vor, indem du dir die Namen der Dinge in den Zimmern und ihre Position notierst, z. B.: lámpara - al lado de la silla

A: 2, ______________ B: ______________ C: ______________

Hablar

10 Haced el tándem en la p. 95. | Bearbeitet den Tandembogen auf S. 95.

11 Haced el juego de rol en la p. 99/100. | Macht das Rollenspiel auf S. 99/100.

2 Mi página

facultativo

Vivo en… | Ich lebe in…

____

Esta es mi habitación. | Das ist mein Zimmer.

En mi habitación hay ______________________________

____

____

La cama está al lado de ______________________________

____

____

Aquí hago ______________________________

____

____

 ____

1 a Lee las palabras y marca con lápiz la sílaba tónica. Luego escucha y controla. | Lies die Wörter und markiere die betonte Silbe mit Bleistift. Dann höre zu und überprüfe.

1. mo - (chi) - la
2. pós - te - res
3. lám - pa - ra
4. es - cu - cha - mos
5. lá - pi - ces
6. si - llón
7. cua - der - nos
8. com - par - tes

b Completa la regla. | Ergänze die Regel.

Wörter, die auf einen **Vokal**, auf **–n** oder **–s** enden, werden auf der ______________ Silbe betont.

Ausnahmen von dieser Regel tragen einen ______________: adiós, cómic.

2 En la habitación de Álex hay muchas cosas. Marca con una cruz las palabras que escuchas. Luego apúntalas. | In Álex' Zimmer gibt es viele Dinge. Kreuze an, welche Wörter du hörst. Schreibe sie dann auf.

▶ Destrezas, p. 138/18

Sieh dir vor dem Hören die Bilder an und schreibe die Wörter mit Bleistift darunter. So bereitest du dich gezielt auf das Hören vor.

☐  ______
☐  ______
☐  ______
☐ 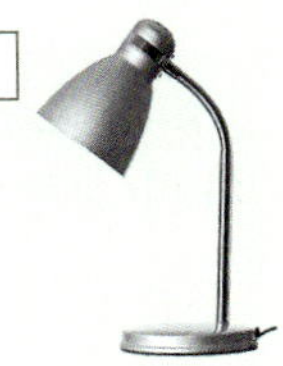 ______
☐  ______

☐  ______
☐  ______
☐  ______
☐  ______

☐  ______
☐ 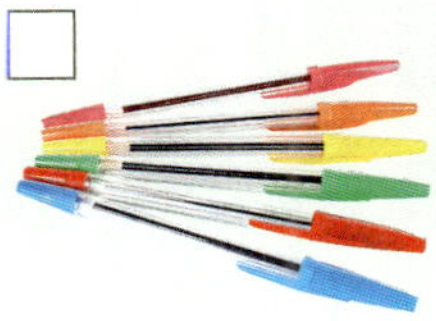 ______
☐  ______
☐  ______
☐  ______

★ 3 Álex cambia su habitación. Carlos, el compañero de su madre, la ayuda. Escucha y apunta dónde están los muebles al final. | Álex räumt ihr Zimmer um. Carlos, der Partner ihrer Mutter, hilft ihr dabei. Höre zu und schreibe auf, wo die Möbel am Ende sind.

Konzentriere dich auf die Nennung der drei Möbelstücke!

1.  ______: ______
2.  ______: ______
3.  ______: ______

▶ Soluciones

2 Autocontrol

facultativo

Vocabulario

1 La familia Alonso Martínez cambia de casa. Apunta las cosas que ya están en el camión. Utiliza el artículo indeterminado. | Familie Alonso Martínez zieht um. Schreibe die Dinge auf, die sie schon auf den LKW geladen haben. Verwende den unbestimmten Artikel.

_______________ _______________

_______________ _______________

_______________ _______________

_______________ _______________

_______________ _______________

_______________ _______________

Gramática

2 **Las preposiciones:** ¿Quién es quién en la banda? Apunta los números al lado de los nombres. | Wer ist wer in der Band? Schreibe die Zahlen hinter die Namen.

Tati, Toña y Tere bailan encima de la guitarra: Toña está entre Tati y Tere. Tini toca la guitarra y está encima de Toño: Toño está en la guitarra. Toni está detrás de la guitarra y Teo esta delante de la guitarra. Al lado de la guitarra está Tania. ¿Y quién está debajo de la guitarra? Es Telmo.

Tania (7)	Toni ( )	Tati ( )
Toña ( )	Teo ( )	Tini ( )
Telmo ( )	Tere ( )	Toño ( )

3 **Completa con las formas correctas de los verbos en -er e -ir. ¿Cuál es la solución? | Vervollständige mit den richtigen Formen der Verben auf -er und -ir. Wie lautet der Lösungssatz?**

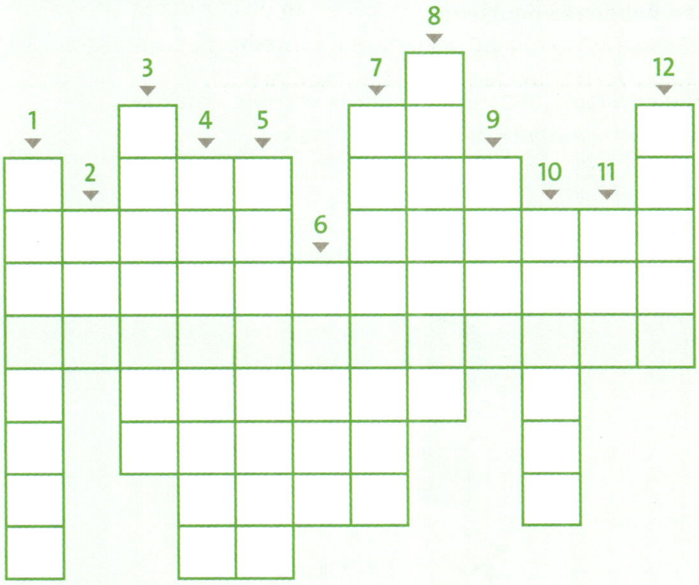

1. *discutir*/ellas
2. *ver*/yo
3. *vivir*/nosotros
4. *compartir*/yo
5. *escribir*/vosotras
6. *beber*/ellos
7. *aprender*/tú
8. *esconder*/él
9. *abrir*/ella
10. *comer*/vosotros
11. *leer*/yo
12. *hacer*/tú

Solución:

Nosotros __________________ los verbos.

4 **Completa con la forma correcta del verbo estar. | Vervollständige mit der richtigen Form des Verbs estar.**

1. Ismael ____________________ en la habitación y sus padres ____________________ en el salón.
2. –Chicos, ¿dónde ____________________? –____________________ en la cocina.
3. –Álex, ¿____________________ en casa? –No, ahora ____________________ en la plaza.

5 **Completa con también o tampoco. | Vervollständige mit también oder tampoco.**

1. –Hola Pau, yo leo cómics en el parque. ¿Y tú? –¡Genial!, yo ____________________.
2. Hoy Lili no estudia en la biblioteca, Nora y Álex ____________________.
3. –Chicos, nosotros hacemos los deberes en casa. ¿Y vosotros? –Nosotros ____________________.
4. –No tomo zumo, ¿y tú? –Yo ____________________, hoy tomo agua.

6 **Completa con las formas de hacer o ver. | Ergänze die Formen von hacer oder ver.**

Pau: Hola Lili, ¿qué ____________ (*hacer*/tú) hoy por la tarde? Yo ____________ (*ver*) vídeos en el móvil. Ah sí, Álex también ____________ (*ver*/ella) vídeos.

Lili: Por la tarde ____________ (*hacer*/yo) los deberes en la biblioteca. ¿Por qué no ____________ (*hacer*/vosotros) los deberes también y después ____________ (*ver*/vosotros) una película?

Álex: Muy bien, ____________ (*hacer*/nosotros) los deberes y luego ____________ (*ver*/nosotros) una película en la biblioteca.

Vocabulario

1 Escribe los nombres de los meses en español al lado de los nombres en alemán. | Schreibe die spanischen Monatsnamen neben die deutschen.

> septiembre • junio • marzo • julio • enero • abril • octubre • mayo • agosto • noviembre • diciembre • febrero

1. Januar = *enero* ____________

2. Februar = ____________

3. März = ____________

4. April = ____________

5. Mai = ____________

6. Juni = ____________

7. Juli = ____________

8. August = ____________

9. September = ____________

10. Oktober = ____________

11. November = ____________

12. Dezember = ____________

2 a ¿Encuentras las vocales? Escribe los nombres de los días de la semana. ¡Ojo con la tilde! | Findest du die Vokale? Schreibe die Namen der Wochentage auf. Denke an die Akzente!

❤ = ______
☀ = ______
🍀 = ______
💧 = ______
🙂 = ______

l🙂n☀s *lunes* ____________
m🍀☀rc💧l☀s ____________
d💧m🍀ng💧 ____________
s❤b❤d💧 ____________
j🙂☀v☀s ____________
m❤rt☀s ____________
v🍀☀rn☀s ____________

b Apunta los días de la semana en la tabla. | Trage die spanischen Wochentage in die Übersicht ein.

Montag	Dienstag	Mittwoch	Donnerstag	Freitag	Samstag	Sonntag
______	______	______	______	______	______	______

3 Completa con los números del 1 al 31 las páginas de tu cuaderno. | Beschrifte die Seiten deines Arbeitsheftes mit den Zahlwörtern von 1 bis 31 auf Spanisch. ▶ Los números, p. 146

 ____

Practicar

4 Lee las respuestas y escribe la pregunta correspondiente a la izquierda. | Lies die Antworten und schreibe die dazu passende Frage links davor.

¿Qué día es hoy? | ¿Cuándo es tu cumpleaños? | ¿Qué día es tu cumpleaños? | ¿Cuántos años cumples?

–____________________ –Es el 1 de junio.

–____________________ –Hoy es lunes, 28 de septiembre.

–____________________ –En diciembre.

–____________________ –13 años.

5 Busca en Internet los cumpleaños de tres personas famosas que te interesan y apúntalos. | Suche im Internet die Geburtstage von drei berühmten Personen, die dich interessieren, und schreibe sie auf Spanisch auf.

____

____

Escuchar

6 Une los puntos según el orden de los números que escuchas. ¿Qué ves? | Verbinde die Punkte in der Reihenfolge der Zahlen, die du hörst. Was siehst du? ▶ Destrezas, p. 138/19

★ 7 Lili, Álex y Nora hablan sobre quién tiene cumpleaños qué día. Escucha y apunta. | Lili, Álex und Nora reden darüber, wer wann Geburtstag hat. Höre zu und notiere. ▶ Destrezas, p. 138/18

Amir:	Lola:	Martín:	Ekai:	Amaia:
10 de noviembre	______	______	______	______

Somos familia

1 a **Completa el árbol genealógico de Nora. | Ergänze in Noras Stammbaum die Verwandtschaftsbezeichnungen mit dem bestimmten Artikel.**

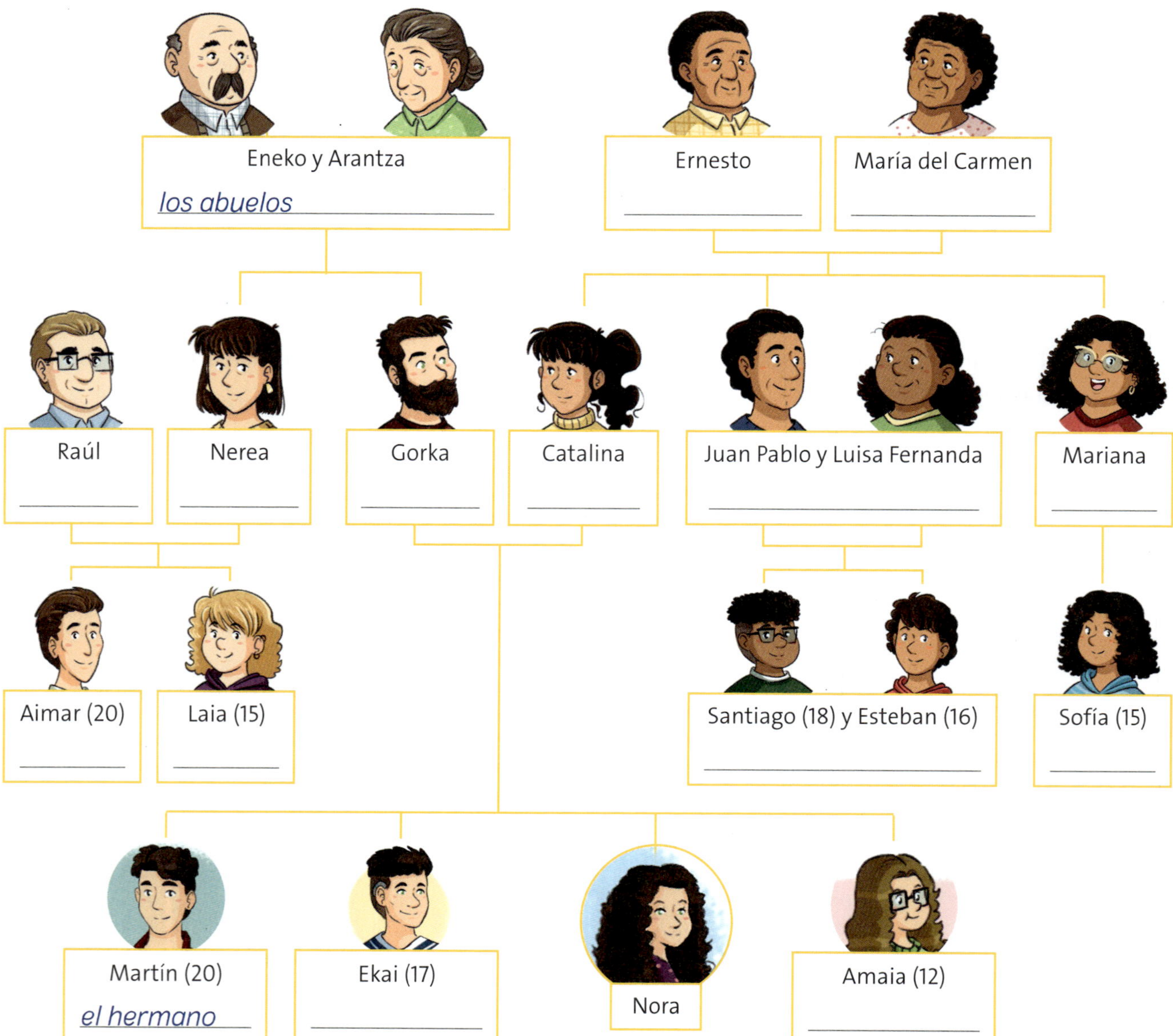

b **¿Qué cuenta Mariana, la tía de Nora, a su amiga? Completa con los miembros de la familia. | Was erzählt Noras Tante Mariana ihrer Freundin? Ergänze die Familienmitglieder.**

madre • padre • pareja • hijos • hermano • hija

Mira, este es Juan Pablo, mi ______________ con su ______________, Luisa Fernanda. Estos son sus ______________, Santiago y Esteban. Y esta chica es Sofía, mi ______________. Este es mi ______________, Ernesto, y al lado está mi ______________, María del Carmen.

2 ¡Se han mezclado las letras! Busca las palabras de «la familia» y apúntalas con el artículo determinado. | Die Buchstaben sind durcheinandergeraten! Suche die richtigen Wörter zur „Familie" und schreibe sie mit dem bestimmten Artikel auf.

alobue	→	el ______________	otí	→	______________
harmane	→	______________	honerma	→	______________
hiaj	→	______________	ripmo	→	______________
japrea	→	______________	darme	→	______________

★ **3** ¿Cuál es la descripción correcta de la familia de Luisa? Escucha y apunta el número. | Welche der drei Beschreibungen passt zu Luisas Familie? Höre zu und notiere die Zahl.

Sieh dir das Bild vor dem Hören genau an und überlege dir schon einmal, in welcher Beziehung die Personen zu Luisa stehen könnten.

☐

4 a Mango, el gato de Álex, presenta a «su» familia. Completa con **este / esta / estos / estas**. | Mango, der Kater von Álex, stellt „seine" Familie vor. Ergänze **este / esta / estos / estas**.

Hola chicos! ______________ es mi familia. ______________ es Álex. ______________ es su hermano Rubén.

Y ______________ es Lola, su hermana. ______________ es Marta, la madre de Álex, Rubén y Lola.

Y ______________ es Carlos, la pareja de Marta. ______________ son los abuelos de Álex: ______________

es Joaquín y ______________ es Carmela. Los dos viven en Madrid.

Y ______________ es mi amigo Chispa, el perro de Lili. Es un perro, pero

es mi amigo. Y ______________ son mis dos amigas Finza y Kiki. Viven al lado.

b Tu mascota presenta a tu familia. ¿Qué dice? | Dein Haustier stellt deine Familie vor. Was sagt es? Wenn du kein Haustier hast, erfinde eins!

____

____

____

____

____

¿Quién es importante para ti?

Comprender el texto

1 **¿Quién es importante para Ismael, Pau y Álex? ¿Por qué? Mira el texto (libro, p. 62) y apunta la información en la tabla. | Wer ist für wen wichtig und warum? Schreibe die Informationen aus dem Buch (S. 62) in die Tabelle.**

escucha siempre los problemas | la familia, sobre todo los abuelos | tiene amigos muy interesantes | no aburridos o pesados | Nora | inteligente, simpática | majo y divertido | siempre tienen tiempo

	persona/s importante/s	porque es/son [...]	y [...]
Ismael	*su primo Malik*		
Pau			
Álex			

Pronunciar

2 a **Escucha y lee las frases. Marca si escuchas una pregunta o una afirmación. | Höre zu und lies die Sätze mit. Kreuze an, ob du eine Frage oder eine Aussage hörst.**

1. Tu abuela es importante para ti.	☐	¿Quién es importante para ti?	☒
2. Mi cumpleaños es el dos de mayo.	☐	¿Cuándo es tu cumpleaños?	☐
3. Carlos ya tiene quince años.	☐	¿Carlos ya tiene quince años?	☐
4. Mi prima es muy divertida.	☐	¿Mi prima es muy divertida?	☐
5. Tú eres «La Curiosa» de Internet.	☐	¿Tú eres «La Curiosa» de Internet?	☐

Ein Fragewort (*pronombre interrogativo*) wie **quién** oder **cómo** zeigt dir immer eindeutig an, dass es sich um eine Frage handelt. Doch du kannst im Spanischen auch Aussagesätze zu Fragen machen, indem du die Stimme am Ende hebst. Oft drückst du damit auch Erstaunen oder Überraschung aus.

b **Escucha, repite y marca si se trata de una afirmación, una exclamación o una pregunta. | Höre zu, sprich nach und kreuze an, ob es sich um eine Aussage, einen Ausruf oder eine Frage handelt.**

1. Tu abuela es importante para ti.	☐	¿Tu abuela es importante para ti?	☐
2. Hoy es tu cumpleaños.	☐	¿Hoy es tu cumpleaños?	☐
3. Carla ya tiene catorce años.	☐	¿Carla ya tiene catorce años?	☐
4. Mi primo es muy aburrido.	☐	¡Mi primo es muy aburrido!	☐
5. ¡Tú eres «La Curiosa» de Internet!	☐	¿Tú eres «La Curiosa» de Internet?	☐

Vocabulario

3 a **Encuentra doce adjetivos en la sopa de letras. | Finde zwölf Adjektive in der Buchstabensuppe.**

M	A	G	E	T	R	O	L	A	J	U	L	I	O	S	P	T	R	O	B
O	D	E	E	R	B	N	G	W	C	I	J	F	A	D	E	R	T	O	P
A	M	N	I	N	T	E	R	E	S	A	N	T	E	R	S	O	M	U	E
G	B	I	R	E	V	A	A	B	U	R	R	I	D	O	A	L	A	J	Q
E	U	A	F	M	Y	X	N	Y	C	V	N	I	U	M	D	K	J	L	U
X	E	L	L	A	C	R	D	I	V	E	R	T	I	D	O	H	O	R	E
I	N	T	E	L	I	G	E	N	T	E	D	E	S	R	T	X	A	S	Ñ
I	O	T	E	O	J	U	L	O	D	A	S	I	M	P	A	T	I	C	O

b **Apunta los adjetivos españoles al lado de los alemanes. | Schreibe die spanischen Adjektive neben die deutschen.**

gut = *bueno*	interessant = ______	klein = ______
lustig = ______	toll = ______	nervig = ______
groß = ______	sympathisch = ______	schlecht = ______
intelligent = ______	langweilig = ______	nett = ______

Practicar

4 **Ordena los adjetivos en la tabla. Hay varias posibilidades. |**
Ordne die Adjektive in die Spalten der Tabelle ein. Es gibt mehrere Möglichkeiten.

inteligente • simpáticas • interesante (2x) • aburrido • interesantes (2x) • grandes • inteligentes • pesada • divertidos • grande

Singular, männlich	Plural, männlich
un momento ______	abuelos ______
un gato ______	amigos ______
un problema ______	perros ______

Singular, weiblich	Plural, weiblich
una hermana ______	profesoras ______
una habitación ______	entrevistas ______
una calle ______	mascotas ______

5 Completa la entrada de blog con las formas correctas de los adjetivos. | Ergänze den Blogeintrag mit den passenden Adjektivformen.

Una persona muy ______________ para mí es mi amigo Juan.

Es muy ______________ y bastante ______________.

Sus chistes son ______________, pero Juan nunca es ______________.

Además, tiene dos perros ______________.

Los dos son muy ______________ y muy ______________.

Mi hermana Berta también es ______________ para mí.

A veces es ______________, pero también es muy ______________.

Así, Juan y Berta son dos personas muy ______________ para mí.

importante/s

majo/-a/s | divertido/-a/s

malo/-a/s | aburrido/-a/s

pequeño/-a/s

divertido/-a/s | inteligente/s

importante/s

pesado/-a/s | simpático/-a/s

importante/s

6 Completa el sudoku con las seis formas del verbo **tener**. | Löse das Sudoku. In jeder Spalte und jeder Zeile müssen die sechs Formen des Verbs **tener** vorkommen.

		tiene		*tengo*	
tenéis	*tienen*		*tiene*	*tienes*	
	tenéis	*tenemos*	*tienes*		
tienes		*tienen*	*tenemos*		
	tengo	*tienes*		*tenemos*	*tenéis*
	tenemos		*tengo*		

7 «La Curiosa» hace más entrevistas en las calles de Madrid. Completa los diálogos con las formas correctas de **tener**. | „La Curiosa" befragt weitere Personen in den Straßen von Madrid. Ergänze die passenden Formen des Verbs **tener**.

«La Curiosa»: ¿______________ (tú) un momento?
______________ una pregunta para ti: ¿______________ una mascota?

Nacho: Mi hermana y yo ______________ un gato. Es muy divertido.

«La Curiosa»: ¿______________ (vosotras) tiempo? ______________ una pregunta:
¿Vosotras ______________ mascotas?

Laura: Pues yo ______________ un gato y mi amiga ______________ dos perros.

Julia: Sí, mis abuelos ______________ dos perros y yo paso mucho tiempo con ellos.

8 **Completa con ¿por qué? o porque. | Ergänze ¿por qué? oder porque.**

1. –¿_____ tu hermano es muy importante para ti?

   –_____ siempre escucha mis problemas.

2. –¿_____ tu tía es pesada? –_____ sus chistes son muy malos.

3. Mi amigo es una persona muy importante para mí _____ es muy majo.

4. –¿_____ estás en el parque hoy? –_____ bailo hip hop con mis amigas.

9 **Esteban, el primo colombiano de Nora, te escribe un mensaje. Completa con mi / mis, tu / tus y su / sus. | Esteban, Noras Cousin aus Kolumbien, schreibt dir eine Nachricht. Ergänze mi / mis, tu / tus oder su / sus.**

Hola, soy Esteban. Vivo en Cartagena, Colombia, con _____ padre Juan Pablo y _____ madre Luisa. _____ hermano se llama Santiago. Tengo dos tías. _____ tía Catalina vive en Madrid con _____ hijos y _____ pareja, Gorka. _____ primos son muy simpáticos, sobre todo _____ prima Nora. _____ tía Mariana vive también en Cartagena con _____ hija Sofía. A veces _____ prima Sofía es un poco pesada, pero _____ perros Blanco y Rojo son muy divertidos.

Y ¿cómo es _____ familia? ¿Cómo es _____ mascota? ¿Y cómo son _____ amigos?

¡Muchos saludos![1] Esteban

1 **¡Muchos saludos!** *Viele Grüße!*

Escribir

10 **Contesta el mensaje de Esteban (ejercicio 9). | Antworte auf Estebans Nachricht (Übung 9).**

_____

_____

_____

_____

_____

Hablar

11 **Haced el juego de rol en la p. 99/100. | Macht das Rollenspiel auf S. 99/100.**

Las tareas del hogar

Comprender el texto

1 **Completa el resumen del texto (Libro, p. 66). | Ergänze die fehlenden Wörter in der Zusammenfassung (Buch, S. 66).**

En la familia de Lili, la madre ______________ normalmente y el ______________ limpia la casa y hace la compra. Lili ayuda con las tareas ______________ del hogar, por ejemplo, saca la ______________. Pero, este fin de semana, los padres de Lili tienen que ______________ y ella tiene que hacer ______________ las tareas del hogar. Tiene que ______________ el salón, ______________ el baño y hacer una ______________. Además, viene su tío Iván con su ______________ pequeño, Adrián. El tío tiene que trabajar en la ______________ y por eso Adrián está dos ______________ con su prima. Lili ______________ la casa y Adrián está en el salón. Después de una hora, Lili entra en el salón: Adrián y Chispa hacen un ______________.

Pronunciar

2 a **Lee estas palabras en voz alta y fíjate en la pronunciación de la g. | Lies diese Wörter laut vor und achte dabei auf die Aussprache des g.**

grande · inteligente · tengo · girasol

seguro · genial · amiga · gato · gente

Los girasoles

b **Escucha, comprueba y repite. | Höre zu, überprüfe und sprich nach.**

c **Completa la regla. | Ergänze die Regel.**

Auf Spanisch wird das **g** vor **e** und ________ wie das deutsche **ch** in **„lachen"** gesprochen.

d **Hay otra letra que siempre se pronuncia como la g en «genial». Escucha. ¿Cuál es? | Welcher andere Buchstabe wird im Spanischen immer wie das ch in „lachen" gesprochen? Höre zu und sage, welcher es ist.**

hijo · hija · trabajar · Gijón · joven · ejemplo

Gijón en Asturias

Es la ________.

Vocabulario

3 Completa las frases y haz el crucigrama con las palabras del texto en el libro (p. 66). Conjuga los verbos. | Ergänze die Sätze und löse das Kreuzworträtsel mit den Wörtern aus dem Text im Buch (S. 66). Konjugiere die Verben.

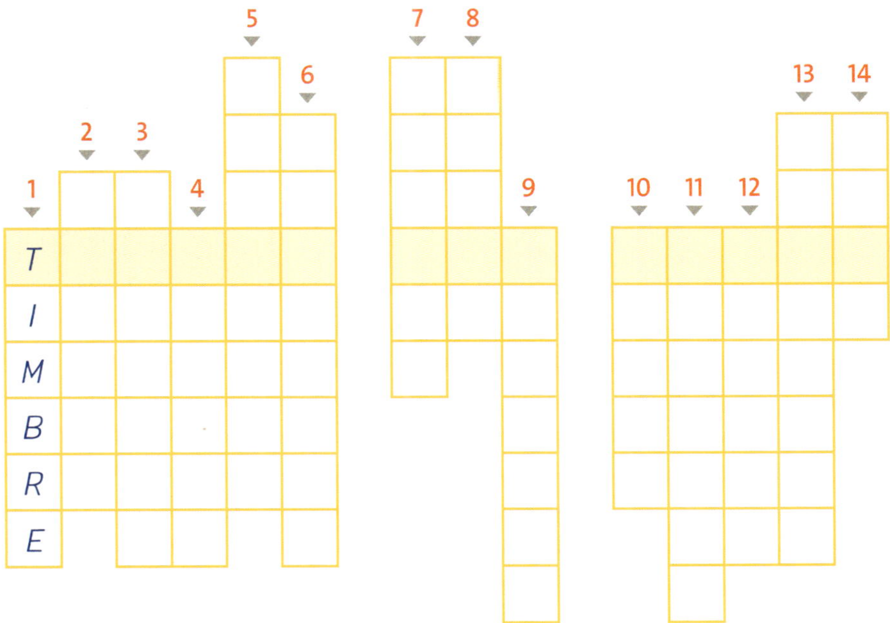

1. el *timbre*

2. la ______________

3. Lili tiene que ______________ su habitación.

4. Ella abre la puerta y Adrián ______________ en el piso.

5. Lili hace una ______________.

6. Y Adrián hace un ______________.

7. A veces, Pau ______________ con la compra.

8. Hoy, los padres de Lili no ______________ tiempo.

9. ¡Uf!, Lili tiene que ______________ el baño.

10. También tiene que ______________ algo de comer.

11. Iván tiene un problema en la ______________.

12. Escuchar música es ______________.

13. Los padres del Lili no siempre ______________ el fin de semana.

14. Una ______________ tiene 60 minutos[1].

Solución: La familia tiene que organizar[2] las

______________________________.

1 el minuto *die Minute* 2 organizar *organisieren*

4 a Las tareas del hogar: ¿qué va junto? Combina. | Die Hausarbeit: Was passt zusammen? Finde so viele Verbindungen wie möglich.

ayudar
ordenar
sacar
limpiar
hacer

una ensalada
la cocina
con las tareas fáciles
la cama
el baño
el salón
la basura
mi habitación

b ¿Quién hace qué en tu casa? Escribe cinco frases con las expresiones del ejercicio 4a. | Wer macht was bei dir zuhause? Schreibe fünf Sätze mit den Ausdrücken aus Aufgabe 4a.

Ejemplo: Yo saco la basura. Mi padre limpia el baño. Mi hermana ...

____

____

____

Practicar

☆ **5** ¿Qué tienen que hacer? Escribe frases con **tener que + infinitivo**. | Was müssen sie tun? Schreibe Sätze mit **tener que + Infinitiv**.

1. Pablo ______________________________
2. Vosotros ______________________________
3. Yo ______________________________
4. Nosotras ______________________________
5. Mis padres ______________________________
6. Tú ______________________________

- ☒ hacer los deberes
- ☒ estudiar los verbos
- ☒ ordenar el salón
- ☒ trabajar en la oficina
- ☒ sacar la basura
- ☒ ayudar en la cocina

6 Completa con **este / esta / estos / estas** y con la forma correcta de los adjetivos. | Ergänze die passende Form von **este / esta / estos / estas** und die korrekte Form des Adjektivs.

 genial/es •  difícil/es •  fácil/es

1. ________ libro es ____________. 
2. ________preguntas son ____________. 
3. ________tareas son ____________. 
4. ________ castillos son ____________. 
5. ________ problema es ____________. 
6. ________ unidad en el libro de español es ____________. 

Escuchar

★ 7 Lili tiene cuatro mensajes de voz en su móvil. ¿Qué dicen las personas? Marca si las frases son correctas o falsas. Corrige las frases falsas. | Lili hat vier Sprachnachrichten auf ihrem Telefon. Kreuze an, ob die Sätze richtig oder falsch sind. Korrigiere die falschen Sätze.

1. El tío Iván tiene que trabajar en la oficina. ☐ correcto ☐ falso

____

2. No hay problema, pero él tiene que hablar con un amigo. ☐ correcto ☐ falso

____

3. Los padres no tienen tiempo para hacer la compra. ☐ correcto ☐ falso

____

4. La madre escribe las cosas en la puerta de la nevera. ☐ correcto ☐ falso

____

5. Pau tiene una pregunta. ☐ correcto ☐ falso

____

6. Pau busca su tableta. ☐ correcto ☐ falso

____

7. La prima de Nora es muy maja. ☐ correcto ☐ falso

____

8. Nora queda en la plaza y lee cómics con su prima y con Lili. ☐ correcto ☐ falso

____

Hablar

8 Haced el tandem en la p. 96. | Bearbeitet den Tandembogen auf S. 96.

3 Mi página

facultativo

Mi familia y yo

Mi familia es ______________________________

En mi casa somos __________________ personas.

Son: ______________________________

____

____

La persona más importante

La persona más importante para mí es ______________________________

porque es ______________________________

____

Las tareas del hogar

	mi padre	mi madre	mi hermano	mi hermana	mi abuela	
ordenar mi habitación		yo				
ordenar el salón						
ordenar						
limpiar la cocina						
limpiar el baño						
limpiar						
hacer la compra						
cocinar						
sacar la basura						
ayudar con						

1 **¿Cómo se llaman las personas de la familia de Blanca? Escucha lo que cuenta y escribe los nombres debajo de las personas. | Wie heißen die Personen in Blancas Familie? Höre, was sie erzählt, und schreibe die Namen unter die Personen.**

Sieh dir den Stammbaum vor dem Hören gut an und überlege, welchen Verwandtschaftsgrad zu Blanca die Personen haben.

Martín • Tino • Isabel • Carlota • María • Álvaro • Borja • Javier

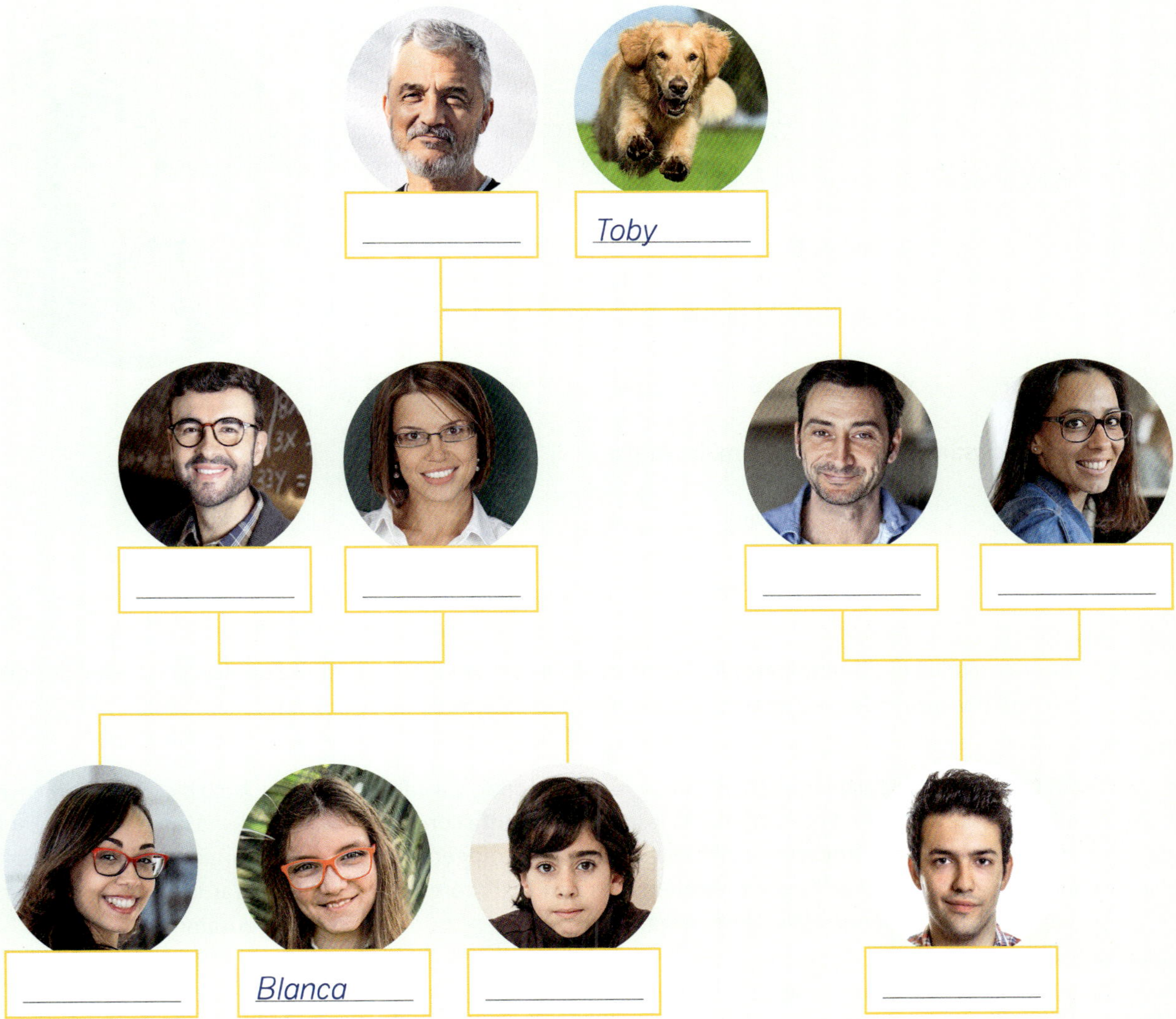

2 **¿Qué audio va bien con qué imagen? Escucha y apunta el número. | Welches Audio passt zu welchem Bild? Höre zu und schreibe die richtige Zahl auf.** ▶ Destrezas, p. 138/17

Sieh dir die Bilder schon vor dem Hören gut an und achte beim Hören auf die Geräusche.

facultativo

3 a «La Curiosa» hace más entrevistas. En la transcripción faltan palabras. Lee el texto y complétalo con lápiz. | „La Curiosa" befragt weiter Leute auf der Straße. In der Transkription fehlen Wörter. Lies das Interview und ergänze die fehlenden Wörter mit Bleistift.

Beim Hören hilft dir alles, was du schon weißt. Auch die Situation oder der Zusammenhang helfen dir beim Verstehen.

«La Curiosa»: ¡*Hola*! Hago entrevistas en la ______. ¿______ un momento?

Roberto: Ah sí, ¿tú eres «La Curiosa» de ______? ¿______?

«La Curiosa»: ¡Sí, soy yo! La pregunta de hoy es: ¿Cómo es tu ______? Pero primero, ¿quiénes ______?

Paula: Yo soy Paula y él ______ Roberto.

«La Curiosa»: ¿Y cómo es tu familia, Paula?

Paula: Mi familia es muy ______ y es muy ______ para mí. Y mi hermana, Ángela, siempre ______ mis problemas.

b Ahora escucha la primera parte de la entrevista y comprueba. | Jetzt höre dir den ersten Teil des Interviews an und überprüfe deine Vermutungen von Aufgabe 3a. ▶ Destrezas, p. 138/18

c En la segunda parte de la entrevista hay ruido de fondo y a veces no se entiende bien. Lee la transcripción, escucha e intenta completarla. | Im zweiten Teil des Interviews gibt es viele Hintergrundgeräusche, und du kannst nicht alles gut verstehen. Lies den Text, höre zu und versuche, die fehlenden Wörter zu ergänzen.

Auch hier hilft dir wieder dein Vorwissen: Wie kann eine Familie sein? Klein? Groß? Warum? Wer lebt mit wem zusammen?

«La Curiosa»: Y Roberto, tu ______, ¿cómo es?

Roberto: Mi familia es muy ______ para mí ______. Es pequeña ______ no tengo ______. Pero mis ______ viven con nosotros y ellos siempre tienen ______ para mí.

«La Curiosa»: ¡Qué ______! Pues, muchas ______ por la entrevista, Paula y Roberto.

d Vuelve a escuchar la segunda parte de la entrevista sin ruido de fondo y comprueba. | Höre den zweiten Teil des Interviews nun noch einmal ohne Hintergrundgeräusche und überprüfe deine Lösungen aus Aufgabe 3c. ▶ Destrezas, p. 138/18

▶ Soluciones

facultativo

Vocabulario

1 **Soluciona las adivinanzas. | Löse die Rätsel.**

1. La madre de mi madre es mi __________.
2. La madre de mi primo es mi __________.
3. La hija de mi padre es mi __________.
4. El hermano de madre es mi __________.
5. El hijo de mi madre es mi __________.
6. El padre del hermano de mi madre es mi __________.

Gramática

2 **Pablo cuenta quién hace qué en casa. Forma frases con tener que y las tareas del hogar. | Pablo erzählt, wer was bei ihm zuhause macht. Bilde Sätze mit tener que und den unterschiedlichen Aufgaben im Haushalt.**

Yo / sacar la basura. __________

Mi hermano / ordenar el salón. __________

Mi hermana y yo / cocinar. __________

Mis padres / hacer la compra. __________

¿Tú / limpiar el baño? __________

¿Vosotros / hacer la cama? __________

3 **Completa con mi/mis, tu/tus y su/sus. | Ergänze mi/mis, tu/tus oder su/sus.**

Esta es __________ habitación. Es genial. __________ estanterías con __________ libros están al lado de __________ cama. __________ armario está enfrente de la puerta. Y mira, esta es la habitación de __________ hermano. __________ (de él) cama está debajo de la ventana y __________ ordenador, __________ consola y __________ altavoces están en __________ escritorio.

¿Y tú, cómo es __________ (de ti) habitación? ¿Dónde están __________ (de ti) cosas importantes?

4 **Completa con las formas correctas de los adjetivos (masculino/femenino, singular/plural). | Ergänze die passenden Formen der Adjektive (männlich/weiblich, Singular/Plural).**

Mi familia es __________ (genial). Mis padres son muy __________ (simpático/-a) y mi hermano, bueno, normalmente es un chico __________ (majo/-a), pero a veces es un poco __________ (pesado/-a). Mi hermana es muy __________ (inteligente) y siempre escucha mis problemas. Mis primos son __________ (divertido/-a). Mi primo Luis es muy __________ (importante) para mí porque no es __________ (aburrido/-a).

▶ Soluciones

Practicar

1 ¿Qué hora es en el mundo? Apunta la hora correcta debajo de cada imagen. | Wie spät ist es in der Welt? Schreibe die passenden Uhrzeiten unter die Bilder.

Son las tres y cuarto. | Son las diez y diez. | Es la una menos veinte. | Son las siete y media. | Son las cuatro en punto. | Son las nueve menos cuarto.

2 ¿Qué hora es? Apunta. | Wie spät ist es? Notiere die Uhrzeiten.

Son las tres y media (de la madrugada).

Escuchar

3 Escucha y marca la hora correcta. | Höre zu und markiere die richtige Uhrzeit.

1. ☐ Es la una y cinco.	☐ Es la una de la noche.	☐ Es la una de la tarde.
2. ☐ Son las tres y cinco.	☐ Son las tres y cuarto.	☐ Son las tres y veinte.
3. ☐ Es medianoche[1].	☐ Son las doce del mediodía[2].	☐ Son las once.
4. ☐ Son las cinco y media.	☐ Son las seis y media.	☐ Son las siete y media.

1 **medianoche** *Mitternacht* 2 **mediodía** *Mittag*

Escribir

4 Mira la agenda de Álex y apunta cuándo empiezan sus actividades. |
Sieh dir den Kalender von Álex an und schreibe auf, wann ihre Aktivitäten beginnen.

Calendario

Lunes: 15:30 clase de guitarra 17:00 quedar para el fútbol con los amigos	*El lunes a las tres y media Álex tiene clase de guitarra. A las* ____________
Martes: 16:15 ver a los abuelos	____________
Miércoles: 15:45 Ver a Ismael; escuchar música	____________
Jueves: 14:20, después del instituto: hacer compra con mamá	____________
Viernes: 19:00 cine con Ismael, Lili y Pau	____________

Hablar

5 a Pinta, corta y monta un reloj. | Bastele eine Uhr: Male das Zifferblatt, schneide es aus und hefte die Zeiger in der Mitte fest oder verwende zwei Stifte.

b A muestra una hora y B dice qué hora es. Luego intercambiad los papeles. | A zeigt eine Uhrzeit, und B sagt, wie spät es ist. Tauscht dann die Rollen.

Ejemplo: A: ¿Qué hora es? B: Son las [...]. / Es la [...].

c A muestra una hora y pregunta a qué hora empieza una actividad. B contesta. Luego intercambiad los papeles. | A zeigt eine Uhrzeit und fragt, wann eine Aktivität beginnt. B antwortet. Tauscht dann die Rollen.

Ejemplo: A: ¿A qué hora empieza la clase de música? B: Empieza a las cuatro de la tarde.

Mi horario

1 Escribe los nombres de las asignaturas y de las actividades al lado de las imágenes. | Schreibe die Namen der Schulfächer und Aktivitäten neben die passenden Bilder.

1  ____________________ ____________________

2  ____________________ ____________________

3  ____________________ ____________________

4  ____________________ ____________________

5  ____________________ ____________________

6  ____________________ ____________________

7  ____________________ ____________________

8 

____________________ ____________________

9  ____________________ ____________________

10  ____________________ ____________________

11  ____________________ ____________________

12  ____________________ ____________________

2 Ordena las sílabas y escribe las palabras con el artículo al lado de la traducción alemana. | Ordne die Silben und schreibe die Wörter mit dem Artikel vor die deutsche Übersetzung.

au • bo • ta • dor • sio • to • na • pa • me • la • rio • ller • gim • la • ra • co • tio

Bei weiblichen Wörtern, die mit betontem **a** beginnen, steht der Artikel **el**: el **a**gua.

el ____________________ die Werkstatt

____________________ der Speisesaal

____________________ der Hof, der Schulhof

____________________ (*f.*) der Klassenraum

____________________ die Sporthalle

____________________ das Labor

____

Aprender mejor

3 **Puedes entender muchas palabras españolas con ayuda del inglés o del alemán. Completa la tabla con las palabras en español. | Viele spanische Wörter kannst mit Hilfe des Englischen oder des Deutschen verstehen. Schreibe die spanischen Wörter auf.**

🇬🇧	🇩🇪	🇪🇸
technology	Technologie	
education	Erziehung	
gym	Sporthalle	
literature	Literatur	
geography	Geografie	
history	Geschichte	

Nicht immer haben ähnliche spanische Wörter die gleiche Bedeutung wie im Deutschen. Es gibt auch „falsos amigos" („falsche Freunde"): Das spanische „gimnasio" ist eine Turnhalle und keine Schulform wie das Gymnasium. Und „el aula" ist nicht die Aula einer Schule, sondern ein einfacher Klassenraum.

4 **Mira la agenda de Nora y apunta al lado para qué asignatura son los deberes. | Sieh dir Noras Hausaufgabenheft an und schreibe auf Spanisch daneben, für welches Fach die Hausaufgaben sind.**

1. Hacer los ejercicios de geometría en la página 37 del libro (hasta el miércoles)	1. *Matemáticas*
2. Leer las páginas 58-76 del libro «Don Quijote»	2.
3. Escribir un texto sobre el tema «A day in London»	3.
4. Preparar una presentación sobre «Los volcanes en América Central»	4.

5 **Describe el mejor día de la semana: ¿Qué asignaturas tienes y por qué te gustan? | Beschreibe den besten Tag der Woche: Welche Fächer hast du und warum magst du sie?**

El ______________ tengo ______________ desde las ______________

hasta las ______________

____

____

Me gusta ______________ porque ______________

____

____

Chat Madrid-Valencia

Comprender el texto

1 Completa las preguntas con el pronombre interrogativo correcto y contesta (libro, p. 84). | Ergänze die passenden Fragepronomen und beantworte dann die Fragen (Buch, S. 84).

1. ¿*Quién* chatea con Pau?

   Teo y Lidia chatean con Pau.

2. ¿__________ es Madrid?

3. ¿__________ tiene Pau esta semana?

4. ¿__________ es la tutora de Teo y Lidia?

5. ¿__________ son los profesores de Nora e Ismael?

6. ¿__________ Pau los martes no tiene tiempo para sus cosas?

7. ¿__________ son las aulas del insti de Pau?

8. ¿__________ hacen Pau y sus amigos los viernes?

Vocabulario

2 Relaciona los verbos con los complementos que van con ellos. | Verbinde die Verben mit den passenden Ergänzungen.

tener	salir	hacer

exámenes	tiempo	con los amigos	del instituto	suerte	deporte	clase	a las tres y media	los deberes

3 Apunta las expresiones en los bocadillos correspondientes. | Trage die Redewendungen in die passenden Sprechblasen ein.

¡Qué suerte! ¡Qué rollo! ¡Guay! ¡Lo siento!

Practicar

☆ **4** Escribe los substantivos en la linéa correcta. | Schreibe die Substantive in die richtige Zeile.

~~profesor~~ • tutora • literatura • boli • clases • instituto • lenguas • abuelo • casa • habitación • deberes • amigos • libros • bocadillo • primas • revistas • cuadernos • problema • cosas • aulas • padres • mochila

nuestro vuestro su *profesor* ______________________

____

nuestra vuestra su ______________________

____

nuestros vuestros sus ______________________

____

nuestras vuestras sus ______________________

____

★ 5 Ismael hace una entrevista con dos amigos y apunta lo que dicen. Completa con las formas de **nuestro**, **vuestro**, **su** y de los adjetivos. | Ismael macht mit zwei Freunden ein Interview und notiert, was sie sagen. Ergänze die passenden Formen von **nuestro**, **vuestro**, **su** und den Adjektiven.

1. ¿*Vuestro* ______ instituto es muy *grande* ______ (*grande*)?	No, *nuestro* ______ insti no es muy ______. Es bastante ______ (*pequeño*/-a).	*Su* ______ insti es bastante ______.
2. ¿Y ______ profesores son ______ (*simpático*/-a)?	Bueno, a veces ______ profes son ______, a veces no.	______ profes no siempre son ______.
3. ¿Pero ______ tutora es ______ (*majo*/-a)?	Sí, ______ tutora es muy ______. Pero también es estricta.	______ tutora es ______, pero ______.
4. ¿Y ______ aulas? ¿Son ______ (*moderno*/-a)?	Bueno, ______ aula de Informática es ______, pero el laboratorio, no.	______ aula de Informática es ______, pero el laboratorio no es ______.

☆ 6 a Completa la tabla con las formas de los verbos **salir**, **hacer** y **tener**. | Ergänze die Formen der Verben **salir**, **hacer** und **tener** in der Tabelle.

salís • tienen • salgo • hacen • tenemos • hago • salimos • tengo • haces • tiene • hacemos • sale

	salir	**hacer**	**tener**
[yo]			
[tú]	*sales*		*tienes*
[él/ella]		*hace*	
[nosotros/nosotras]			*tenemos*
[vosotros/vosotras]		*hacéis*	
[ellos/ellas]	*salen*		*tienen*

b **Lili llama a Ismael. Completa con las formas correctas de salir, hacer y tener. |**
Lili ruft Ismael an. Ergänze die passenden Formen von salir, hacer und tener.

Lili: Hola Ismael, ¿ ____________ (*tener*/tú) tiempo esta tarde? Nosotros ____________ (*salir*).

Ismael: No, hoy no ____________ (*salir*/yo). ____________ (*tener*/yo) muchos deberes.

Lili: ¿Por qué no ____________ (*hacer*/tú) los deberes el fin de semana? ¡Hoy es viernes!

Álex también ____________ (*salir*/ella) con nosotros. ¿Por qué no ____________ (*salir*/tú)

con nosotros hoy, y mañana tú y yo ____________ (*hacer*/nosotros) los deberes?

Ismael: Vale. ¿A qué hora ____________ (*salir*/vosotros)? ¿Y qué ____________ (*hacer*/vosotros)?

Lili: ____________ (*salir*/nosotros) a las seis y tomamos algo en la heladería.

Ismael: Muy bien. ¡Hasta luego!

Escuchar

7 a **Álex describe un día con su familia y sus amigos. Apunta las horas en la tabla. |**
Álex beschreibt einen Tag mit ihrer Familie und ihren Freunden. Notiere die Zeitangaben in der Tabelle.

	¿Cuándo?	¿Qué?	¿Quién(es)?
1.	*a las 10:00*	descansar en la cama	
		tomar un café	
2.		hacer la compra	
		charlar	
3.	*desde las*	sacar la basura	
	hasta las	limpiar	
		cocinar	
4.		escuchar música	
		hacer fotos	
5.		hacer los deberes	
		tocar la guitarra	
6.		comer pizza y ver una película	
		salir a tomar algo	

b **¿Quién hace qué? Escucha otra vez y apunta los nombres al lado de las actividades en la tabla. |**
Wer macht was? Höre noch einmal zu und trage die Namen bei den Aktivtäten in der Tabelle ein.

Trabajo en grupo

Comprender el texto

1 Escribe un resumen del texto «Trabajo en grupo» en el libro (p. 88). Forma frases con un elemento de cada contenedor. | Schreibe eine Zusammenfassung des Textes „Trabajo en grupo“ im Buch (S. 88). Bilde Sätze mit je einem Satzteil aus jeder Recyclingtonne.

1

1. Pau, Lili y Álex preparan...
2. Los tres amigos están...
3. También necesitan...
4. Ya son las ocho, todavía[1] hay...
5. Pero Álex no tiene...
6. ¿Verdad? ¡No! Alex no...

[1] todavía *immer noch*

2

tiempo mañana porque...
mucho trabajo y por eso tienen...
en casa de Lili y buscan...
fotos y tienen...
una presentación...
queda con Nora. Pero, entonces, ...

3

que escribir un texto.
para la clase de Biología.
sale con Nora.
¿con quién queda?
un ejemplo de reciclaje.
que quedar de nuevo.

1. Pau, Lili y Álex preparan una presentación para la clase de Biología.

____

____

____

____

____

____

____

____

____

____

Vocabulario

2 Completa con las expresiones correctas. | Ergänze mit den passenden Redewendungen.

Yo paso. | ¡Venga! | De acuerdo. | ¡Imposible!

1. –¿Quedamos mañana? –__________. ¿A qué hora?
2. –Nora y yo quedamos en el parque. ¿Sales con nosotras? –No, __________. Prefiero descansar en casa.
   –__________ El parque es muy divertido. –Bueno, salgo con vosotras.
3. –Salimos a las diez y media, ¿vale? –__________ Mis padres son muy estrictos.

Practicar

3 Completa con las formas de **querer**, **preferir** y **tener**. | Ergänze die Formen von **querer**, **preferir** und **tener**.

	querer	preferir	tener
[yo]	*quiero*		
[tú]			*tienes*
[él/ella]			
[nosotros/nosotras]			
[vosotros/vosotras]		*preferís*	
[ellos/ellas]			

4 Completa con las formas de **querer**, **preferir** o **tener que**. | Ergänze die Formen von **querer**, **preferir** oder **tener que**.

1

2

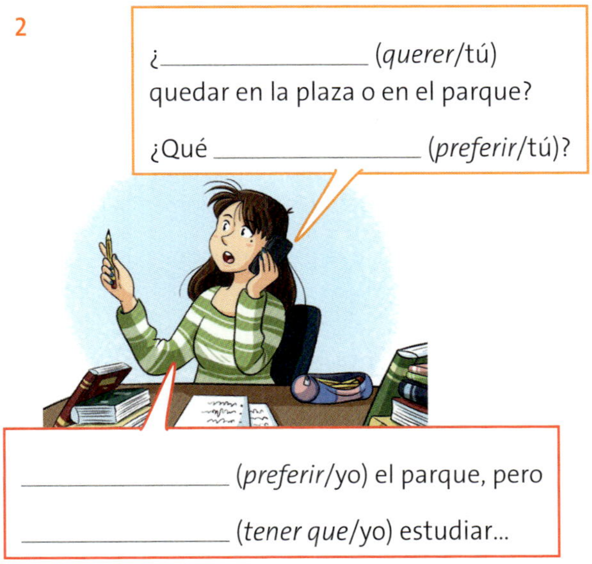

5 Completa con las formas de **¿cuánto/-a/-os/-as?** | Setze die Formen von **¿cuánto/-a/-os/-as?** ein.

1

2

6 Completa con la forma correcta de ese/-a/-os/-as. | Vervollständige mit der richtigen Form von ese/-a/-os/-as.

1. –¿Quiénes son ________________ chicas? –Son Laura y Antonia.
2. –________________ libros allí son de Alejandro? –No, son de Luis.
3. –¿Con quién tienes ________________ cita? –Pues, con una amiga...
4. –¿Cómo se llama ________________ chico? –Se llama José.

Escuchar

7 Nora e Ismael tienen que preparar una presentación. Están repartiendo las tareas. Escucha y marca quién hace qué. | Nora und Ismael müssen eine Präsentation vorbereiten. Sie verteilen gerade die Aufgaben. Höre zu und kreuze an, wer was macht. ▶ Destrezas, p. 138/18

Tareas	Nora	Ismael
– buscar canciones del grupo de hip hop EsLaLeche	☐	☐
– buscar canciones del grupo de rock Proyecto Ejemplar	☐	☐
– buscar fotos	☐	☐
– escribir textos	☐	☐
– organizar la presentación en la clase	☐	☐
– hablar en la presentación	☐	☐

Leer

8 La familia de Daniel se ha mudado de Granada a Nerja. Daniel escribe un e-mail a Paul, su amigo alemán que vive en Kiel. Lee el e-mail y contesta las preguntas. | Daniels Familie ist von Granada nach Nerja umgezogen. Daniel schreibt seinem deutschen Freund Paul, der in Kiel wohnt, eine E-Mail. Lies sie und beantworte die Fragen.

Hola Paul,

¿Qué tal allí en Alemania? Yo aquí en Nerja estoy muy bien. Hay una playa muy bonita: mira la foto. Pero también tengo que ir al insti, claro... El instituto de Nerja no es como el de Granada. Aquí, el insti está al lado de mi casa. Por la mañana salgo y en cinco minutos estoy en el aula. Genial, ¿verdad? Tenemos clase a las nueve, y no a las ocho y media como en Granada. En mi clase somos 25 alumnos... ¡18 son chicas! ... no siempre mola.

Nuestra tutora es muy maja, pero también estricta. Con ella tenemos Mates. Sus clases son interesantes, pero Inglés es bastante aburrido. Y el lunes tenemos Inglés, Geografía e Historia y al final... ¡Educación Física! El deporte y yo no somos amigos... Pero el martes es genial porque tenemos Música, Lengua y Educación Plástica. ¡Me encanta!

Bueno, Paul, ahora ya no tengo tiempo, porque a las cinco tengo clases de guitarra...
¡Hasta el verano[1]!
Daniel

1 el verano *der Sommer*

1. ¿Dónde está el nuevo instituto de Daniel?

2. ¿Cuántos minutos necesita Daniel de su casa al instituto?

3. ¿Cuándo tiene clase?

4. ¿Cuántos alumnos y alumnas hay en la clase de Daniel?

5. ¿Cómo es la tutora de Daniel?

7. ¿Por qué el martes es genial para Daniel?

Mediación

★ 9 **Paul estudia español en el instituto, pero su madre no habla español. Ella quiere saber qué escribe Daniel (ejercicio 8). | Paul lernt Spanisch in der Schule, aber seine Mutter spricht kein Spanisch. Sie möchte wissen, was Daniel schreibt. Beantworte ihre Fragen. Wenn du zu einer Frage nichts in der E-Mail (Übung 8) findest, dann sage es.**

Wie lange ist Daniel jetzt schon in Nerja? Hat er es weit zu seiner neuen Schule in Nerja?
Wie ist sein neuer Klassenlehrer? Wann fängt der Unterricht an? Wie viele sind sie in der Klasse?
Welcher Tag in der Woche gefällt ihm am besten? Hat er schon neue Freunde gefunden?

Hablar

10 **Haced el tandem en la p. 97. | Bearbeitet den Tandembogen auf S. 97.**

11 **Haced el juego de rol en la p. 99/100. | Macht das Rollenspiel auf S. 99/100.**

facultativo

Mi horario

Französisch = Francés	Naturwissenschaften = Ciencias Naturales
Latein = Latín	Gesellschaftswissenschaften = Ciencias Sociales
Biologie = Biología	Hauswirtschaftslehre = Economía Doméstica
Darstellendes Spielen = Taller de teatro	Wahlpflichtunterricht = materia optativa

hora	lunes	martes	miércoles	jueves	viernes

Mi instituto

Mi instituto se llama ______________________

Está en ______________________

Mi clase es la ______________________

Mi tutor/a se llama ______________________

es ______________________

Me gustan mucho las clases de ______________________

Tengo dificultades con las clases de ______________________

Mis compañer@s

En mi clase somos ____________ alumnos y ____________ alumnas.

Mis amig@s son ______________________

Para hacer un trabajo en grupo prefiero estudiar con ______________________

____

En casa

Prefiero hacer mis deberes en ____________ o en ____________

1 a **Escucha las palabras y concéntrate en la diferencia entre -ia e -ía. | Höre dir die Wörter in der Tabelle an und konzentriere dich auf die unterschiedliche Aussprache von -ia und -ía.**

-ia	-ía
la historia, la familia, Alemania	la biología, la geografía, la fotografía

b **Escucha ahora estas palabras y apunta la terminación -ia o -ía. | Höre dir nun diese Wörter an und ergänze die Endung -ia oder -ía.** ▶ Destrezas, p. 138/18

la simpat-_______ (die Sympathie)   la filosof-_______ (die Philosophie)

la inteligenc-_______ (die Intelligenz)   la comed-_______ (die Komödie)

2 **Lee lo que pasa en el día. Luego escucha los mini-diálogos y completa con las horas. | Lies, was im Laufe des Tages passiert. Dann höre die Mini-Dialoge und ergänze die Uhrzeiten.** ▶ Destrezas, p. 138/18

Überlege dir schon beim Lesen, wann am Tag eine Aktivität normalerweise stattfindet. Dann fällt es dir leichter, beim Hören die Uhrzeit zu verstehen.

1 –Uy, ya son ____________________. ¿Necesitas más tiempo en el baño? Tengo que entrar también.

2 –¡Son ____________________! ¡Recreo, por fin!
–Hola Ismael, ¿qué tal el examen de Mates?

3 –¿Quedamos en el parque a ____________________?
–Tengo que hacer los deberes, ¿quedamos a ____________________?
–Vale, a ____________________ en el parque, delante del quiosco.

4 –Hola, Álex, ya ____________________ y no hay zumo. ¿Compras tú dos zumos en la tienda de Fátima?
–Sí, mamá, claro, ahora paso por su tienda.

5 –Bueno, ahora a la cama, que ya ____________________.
–Pero papá, quiero leer mi cómic.
–De acuerdo, Pau, pero solo hasta ____________________.

★ 3 **En el recreo del miércoles, Noelia habla con Marta, su amiga. Entonces viene Manuel. Lee las preguntas y respuestas. Luego escucha y marca con una cruz las respuestas correctas. | In der Hofpause am Mittwoch spricht Noelia mit ihrer Freundin Marta. Dann kommt Manuel. Lies die Fragen und Antworten, dann höre zu und kreuze die richtigen Antworten an.** ▶ Destrezas, p. 138/18

1. ¿Dónde quiere quedar Manuel con Noelia?
- ☐ en el parque
- ☐ en el instituto
- ☐ en la heladería
- ☐ en el café de la plaza

2. ¿Cuándo es el examen de Física?
- ☐ hoy
- ☐ mañana
- ☐ el jueves
- ☐ el viernes

3. ¿Cuándo estudian los chicos para el examen?
- ☐ mañana
- ☐ en el recreo
- ☐ hoy a las siete
- ☐ hoy a las cinco

4. ¿Quiénes estudian en casa de Noelia?
- ☐ Noelia y Marta
- ☐ Noelia, Marta y Pablo
- ☐ Noelia, Marta y Manuel
- ☐ Noelia, Marta, Manuel y Pablo

▶ Soluciones

4 Autocontrol

facultativo

Vocabulario

1 **Escribe los nombres de las asignaturas. | Schreibe die Namen der Fächer auf.**

 ____________________  ____________________

 ____________________  ____________________

 ____________________  ____________________

 ____________________  ____________________

2 **Relaciona los elementos y escribe frases. | Verbinde die Elemente und schreibe Sätze.**

1. Pau y Álex	*tener* ganas	tener un sobresaliente.
2. Los chicos	*tener*	los deberes en la biblioteca.
3. Lili	*hacer*	con Inglés.
4. Nora e Ismael	*querer*	de salir por la noche.
5. Nosotros	*preparar*	que estudiar para el examen.
6. Mi amiga y yo	*tener* dificultades	la presentación.

Gramática

3 **Hacer, querer, salir:** **Nora está en casa de Álex. Lola, la hermana pequeña de Álex, también está y quiere participar en todo. Completa con las formas de los verbos. | Nora ist bei Álex. Lola, Álex' kleine Schwester, ist auch da und will bei allem mitmachen. Ergänze die Formen der Verben.**

1. (*hacer*) **Lola:** Chicas, ¿qué ____________?

   Nora y Álex: ____________ un vídeo.

   Lola: ¡Genial! Yo ____________ el vídeo con vosotras.

2. (*querer*) **Lola:** Nora, Álex, ¿no ____________ tomar la merienda?

Nora y Álex: No, ____________ practicar pasos de hip hop.

Lola: ¡Mola mucho! ¡Yo ____________ bailar también!

3. (*salir*) **Lola:** ¿Cuándo ____________? **Nora y Álex:** ____________ a las ocho.

Lola: Ah, muy bien, yo ____________ con vosotras. **Álex:** ¡Hala, Lola! ¡Basta ya![1] Tú no ____________.

1 **¡Basta ya!** *Jetzt reicht's!*

4 **El interrogativo ¿cuánto?: Formula las preguntas con ¿cuánto/-a/-os/-as? y da las respuestas correctas. | Formuliere Fragen mit ¿cuánto/-a/-os/-as? und gib die richtigen Antworten.**

1. –¿____________ libros hay? –Hay ____________.
2. –¿____________ bolis hay? –Hay ____________.
3. –¿____________ lámparas hay? –Hay ____________.
4. –¿____________ mochilas hay? –Hay ____________.

5 **Los posesivos: Tacha las formas incorrectas de los determinantes posesivos y relaciona las preguntas con las respuestas. | Streiche die falschen Formen der Possessivbegleiter durch und verbinde die Fragen mit den Antworten.**

1. Álex, ¿no tienes **vuestra / nuestros / tus** cosas?
2. Ismael y Amir, ¿dónde están **vuestros / sus / vuestras** padres?
3. Nora, ¿por qué no haces **su / vuestros / tus** deberes?
4. Chicos, ¿quién es **vuestras / vuestra / sus** tutora?

a. Es Sofía. También es **nuestro / sus / nuestra** profesora de Inglés.
b. Porque Lili y yo ahora tenemos **nuestro / vuestro / nuestra** taller de guitarra.
c. No, lo siento. **Nuestras / Mis / Tus** cosas están en casa.
d. Ellos están en casa de **nuestras / nuestros / vuestros** tíos.

6 **Los demostrativos: Lola quiere tener muchas cosas. Completa con la forma correcta de ese/-a/-os/-as. | Lola möchte viele Dinge haben. Ergänze die passenden Formen von ese/-a/-os/-as.**

Papá, quiero ____________ libro y ____________ cuadernos. Y ____________ libros son geniales. Ah, y ____________ boli mola mucho. ¡Y ____________ revistas allí! ¿Ves? Son muy divertidas. Y también necesito ____________ mochila y...

▶ Soluciones

¿Qué te gusta hacer?

Practicar

1 ¿Qué les gusta? Completa las frases. | Was mögen sie? Vervollständige die Sätze.

Me gustan ____________

____

Me gusta leer ____________

Me gusta ____________

____

También ____________

2 ¿Qué te gusta hacer? Escribe seis frases. | Was machst du gern? Schreibe sechs Sätze.

1. *Me gusta escuchar* ____________
2. *No me gusta ordenar* ____________
3. ____________
4. ____________
5. ____________
6. ____________

3 Escribe cuatro frases y utiliza cada elemento una vez. |
Schreibe vier Sätze und verwende dabei jedes Element einmal.

A mí	no le	gusta	el teatro, ¿verdad?
A ti	me	gusta	los exámenes.
A él	le	gustan	leer libros.
A ella	te	gusta	la tecnología.

1. *A mí* ____________
2. *A ti* ____________
3. *A él* ____________
4. *A ella* ____________

4 Pon el pronombre correcto: **a mí**, **a ti**, **a él** o **a ella**. | Setze das richtige Pronomen ein: **a mí**, **a ti**, **a él** oder **a ella**.

Nora: ___________ me gusta esta serie. ¿___________ también? **Ismael:** No, ___________ no me gusta.

Ismael: ¿A Lili le gusta tocar la guitarra? **Álex:** No, ___________ no le gusta. Pero a Pau, sí.

Álex: ___________ no me gusta la nueva profesora. ¿Y ___________? **Lilli:** ___________ tampoco me gusta, pero a Ismael sí, ___________ le gusta.

5 Escribe las reacciones en los bocadillos. | Schreibe die passenden Reaktionen in die Sprechblasen.

Pues, a mí, no. | A mí también. | A mí tampoco. | ¿No? A mí, sí.

Escuchar

6 Ismael hace tres propuestas. Pon ☺ o ☹, según las reacciones de Pau, Lili y Álex. | Ismael macht drei Vorschläge. Male ein ☺ oder ein ☹ entsprechend den Reaktionen von Pau, Lili und Álex.

► Destrezas, p. 138/18

	Pau	Lili	Álex
	☹		

Escribir

★ **7** Escribe sobre lo que (no) le gusta a Luisa. | Schreibe auf, was Luisa (nicht) gefällt.

A Luisa le gusta ___________

Y tú, ¿cómo eres?

1 Busca en el texto «Y tú, ¿cómo eres?» (p. 102) el antónimo de estas palabras. | Suche im Text „Y tú, ¿cómo eres?“ (S. 102) das Gegenteil dieser Wörter. ▶ Destrezas, p. 136/10

Es alto/-a. ←→ *Es bajo/-a.*

Tiene el pelo liso. ←→ *Tiene* ______

Tiene el pelo largo. ←→ ______

Tiene ojos grandes. ←→ ______

Lleva gafas. ←→ ______

La gorra es bonita. ←→ ______

2 Encuentra el intruso y táchalo. | Finde das Wort, das nicht passt, und streiche es durch.

1. pelo liso / pelo rizado / ~~pelo negro~~ / pelo corto / pelo largo
2. ojos grandes / ojos azules / ojos marrones / ojos verdes
3. es alto / es español / es bajo / es bonito
4. una gorra bonita / una gorra marrón / una gorra azul / una gorra roja
5. bufanda / gafas / ojos / gorra / pendientes / gorro
6. verde / azul / marrón / negro / liso

3 ¿De quién es este avatar? Mira el vídeo «Y tú, ¿cómo eres?» (p. 102) y marca todas las respuestas correctas. | Wessen Avatar ist das? Sieh das Video „Y tú, ¿cómo eres?“ an (S. 102) und markiere alle richtigen Antworten.

El avatar de Íker
- ☐ es un chico bajo.
- ☐ lleva gafas.
- ☐ lleva una gorra.
- ☐ tiene el pelo negro.
- ☐ tiene el pelo rubio.
- ☐ tiene el pelo liso.
- ☐ tiene el pelo rizado.

El avatar de Nora
- ☐ tiene el pelo castaño.
- ☐ tiene ojos verdes.
- ☐ tiene ojos negros.
- ☐ tiene ojos grandes.
- ☐ tiene aparato de dientes.
- ☐ tiene pecas.
- ☐ lleva una gorra.

4 **Escucha y marca el avatar correcto.** | **Höre zu und kreuze den richtigen Avatar an.**

☐ 

☐ 

☐ 

5 **Dibuja tu propio avatar y descríbelo.** | **Zeichne deinen eigenen Avatar und beschreibe ihn.**

Mi avatar es ______________________________

____

____

____

____

6 **Tu amigo Esteban quiere saber muchas cosas. Completa las preguntas con cuál/cuáles y contéstalas.** | **Dein Freund Esteban will viele Dinge wissen. Ergänze die Fragen mit cuál/cuáles und beantworte sie.**

1. ¿__________________ es tu instituto?

   Mi instituto es ______________________________

2. ¿__________________ son los deportes que te gustan?

   Los deportes que me gustan son ______________________________

3. ¿__________________ es el libro que lees ahora?

   El libro que leo se llama ______________________________

7 **Forma frases con el pronombre relativo que.** | **Bilde Sätze mit dem Relativpronomen que.**

Paula es la chica Mis amigas son las dos chicas La madre de Juana es la persona Pablo es el chico Las mascotas de Laura son los gatos	que	tienen el pelo negro. tiene pecas. llevan gorra. lleva un aparato de dientes. tiene el pelo corto.

Paula es la chica que tiene ______________________________

____

____

____

____

¡Vamos a San Isidro!

Comprender el texto

1 **Lee el cómic en tu libro (p. 104) y corrige las frases. | Lies den Comic in deinem Buch (S. 104) und korrigiere die Sätze.**

1. Por fin es domingo y es un día muy especial: es el 5 de abril, el Día de San Isidro, el patrón de Málaga.

Por fin es sábado y ______________________________

____

2. La pandilla quiere ir al cine y los jóvenes quedan enfrente del instituto para ver el programa.

____

____

3. Ismael y Álex quieren ir al taller de cómics, pero a Nora no le gusta dibujar.

____

____

4. A las cinco hay chotis, la canción tradicional. La entrada son diez euros.

____

____

5. Pau tiene hambre y quiere comprar bocadillos.

____

____

6. A Lili no le gustan los bocadillos.

____

____

2 **Relaciona las frases con las personas. | Verbinde die Sätze mit den Personen.**

1. Álex quiere
2. Ismael quiere
3. Nora no quiere
4. Pau quiere
5. Lili quiere
6. La pandilla quiere

a. comprar algo para comer.
b. hacer cola.
c. hacer algo con fotos.
d. ver un baile tradicional.
e. comer rosquillas.
f. ir a un parque en Madrid.

Vocabulario y expresión

3 **Los jóvenes te proponen muchas cosas. Apunta tu reacción al lado de cada propuesta. | Die Jugendlichen machen dir viele Vorschläge. Wähle deine Reaktion aus und schreibe sie jeweils neben den Vorschlag.**

Yo paso. Prefiero [...]. | No, lo siento. | Vale ... | ¡Qué rollo! | ¡Qué guay! | No puedo. | No me gusta(n) [...]. | No tengo tiempo. | Es que no tengo dinero. | Imposible, es que [...].

1. ¿Por qué no vamos al taller de cómics? ______
2. Tengo una idea: a las tres hay teatro en el parque. ______
3. Quiero comer una rosquilla. ¿Quieres una también? ______
4. Hay un concierto de hip hop, ¡qué guay! ______
5. ¡Tengo hambre! ¿Por qué no compramos una pizza? ______
6. Hay una fiesta en la plaza. ¿Quieres ir? ______

Practicar

4 **¿Adónde van? Completa el texto con la forma correcta del verbo ir y a la / al. | Wohin gehen sie? Ergänze die richtigen Formen des Verbs ir und a la / al.**

Nora: ¿______ (*ir*/nosotros) hoy ______ fiesta de San Isidro?

Álex: Bueno, yo, a las cinco, ______ (*ir*/yo) ______ taller de cómics. Pero Lili tiene tiempo. ¿Por qué no ______ (*ir*/vosotras) ______ parque para ver el chotis?

Nora: ¡Buena idea! Y Pau e Ismael, ¿adónde ______ (*ir*/ellos)?

Álex: Pues, Ismael hoy ______ (*ir*/él) ______ fiesta con su hermano Amir. Y Pau... ¡seguro que ______ (*ir*/él) ______ caseta de Merche para comprar rosquillas!

☆ **5** **Haz seis frases con (no) me gusta/gustan. | Bilde sechs Sätze mit (no) me gusta/gustan.**

A mí (no) me gusta... A mí (no) me gustan...	hacer cola / bailar / ir al cine las rosquillas / las fiestas / los exámenes / los cómics la película de... / el taller de fotografía / los conciertos

A mí me gustan ______

______

______

______

6 a **Completa el sudoku con las seis formas del verbo poder. | Ergänze das Sudoku mit den Formen von poder. In jeder Spalte und in jeder Zeile müssen die sechs Formen des Verbs stehen.**

______	______	*puede*	______	______	______
puedes	*podéis*	______	______	*puede*	*podemos*
puede	______	*podéis*	*podemos*	______	______
______	______	______	______	*pueden*	*puedo*
______	*pueden*	*podemos*	*puede*	______	*puedes*
______	______	*puedo*	______	*podéis*	______

b **Bei welchen Personen verändert sich der Stammvokal von poder?**

In der ______________ Person Singular und in der ______________ Person Plural wird das **o** zu **ue**.

7 **Completa el diálogo con las formas correctas de los verbos poder, querer y tener. | Ergänze den Dialog mit den richtigen Formen der Verben poder, querer und tener.**

Lili: Hola Pau, ¿______________ (*poder*/tú) quedar el viernes para ir al cine?

Pau: Lo siento, el viernes no ______________ (*poder*/yo), ______________ (*tener*/yo) clase de guitarra.

Pero el sábado, a las nueve, ______________ (*querer*/nosotros) ir al cine con Ismael y Álex.

¿______________ (*querer*/tú) ir también? ¿O ______________ (*tener*/tú) que estudiar?

Lili: ¡Tampoco estudio siempre! Sí, ¡______________ (*querer*/yo) ir al cine! Pero a las nueve es muy tarde.

¿No ______________ (*querer*/vosotros) ir antes? ¿O no ______________ (*poder*/vosotros)?

Pau: ______________ (*tener*/tú) razón. ______________ (*poder*/nosotros) quedar a las seis.

Ahora solo ______________ (*tener*/nosotros) que informar a Ismael y a Álex.

Pronunciar

8 a **Lee y escucha estas frases y marca qué afirmación es correcta. | Lies und höre diese Sätze und kreuze die richtige Aussage an.**

Voy a Barcelona.
Vas a Oviedo.
Va a Vigo.

Vamos a Valencia.
Vais a Bilbao.
Van a Badajoz.

En Valencia vives muy bien.
Eva bebe nueve botellas de agua.
Verónica ve veinte vídeos.

- ☐ Auf Spanisch spricht man **B** und **V** gleich aus.
- ☐ Auf Spanisch spricht man **B** und **V** verschieden aus.

b **Vuelve a escuchar las frases y repítelas en voz alta. | Höre die Sätze noch einmal und sprich sie laut nach.**

Escuchar

9 ¿Dónde tienen lugar las actividades de la fiesta de San Isidro? Escucha el podcast y marca las respuestas correctas. | Wo finden die Aktivitäten zu den Feiern von San Isidro statt? Höre den Podcast und kreuze jeweils die richtige Antwort an. ▶ Destrezas, p. 138/18

1. La fiesta San Isidro es en el mes de...
   a. ☐ mayo
   b. ☐ abril.
   c. ☐ marzo.

2. El lugar donde empieza la fiesta es...
   a. ☐ la plaza Mayor.
   b. ☐ la plaza de la Villa.
   c. ☐ la puerta del Sol.

3. Siempre hay música y conciertos en...
   a. ☐ la plaza Mayor y Madrid Río.
   b. ☐ la plaza Mayor y el parque del Retiro.
   c. ☐ la plaza de la Villa y el parque del Retiro.

4. ¿Quieres ver los fuegos artificiales[1]?, tienes que ir...
   a. ☐ a la playa.
   b. ☐ al parque del Retiro.
   c. ☐ a la pradera de San Isidro.

1 los fuegos artificiales *das Feuerwerk*

Escribir

10 Escribe una entrada de blog sobre una fiesta en tu región. ¿Qué puedes hacer? ¿Por qué te gusta? | Schreibe einen Blog-Eintrag zu einem Fest in deiner Region. Wann und wo findet es statt? Was kann man dort machen? Was gefällt dir daran?

____

____

____

____

____

Hablar

11 Haced el juego de rol (p. 99/100). | Macht das Rollenspiel (S. 99/100).

¿Qué tipo de amigo eres?

Comprender el texto

1 Lee el texto «¿Qué tipo de amigo eres?» en el libro (p. 108), tacha la información falsa y apunta la correcta. | Lies den Text „¿Qué tipo de amigo eres?" in deinem Buch (S. 108), streiche die falschen Angaben durch und schreibe die richtigen auf.

La líder
Es una chica muy popular en la pandilla. Ella es la persona ideal para preparar un plan o para organizar algo. ~~Nunca tiene ideas~~ para actividades el fin de semana, pero siempre cambia de idea y por eso puede ser muy pesada.

Siempre tiene muchas ideas

El listillo
Para encontrar al listillo solo tienes que encontrar su cara en el patio, porque siempre quiere responder a las preguntas del profe. Hay muchas cosas que no puede explicar, le gusta informar y ayudar a sus amig@s. Es el compañero perfecto para hacer un trabajo en grupo en poco tiempo o para preparar un examen difícil. Tiene una solución para muchos problemas, y es muy paciente.

La amiga fiel
¿Tienes un problema? Entonces puedes llamar a esta chica, porque siempre tiene tiempo para ti. Es aburrida y estricta y está allí para escuchar a sus amig@s y hablar sobre películas, deportes o conflictos en el instituto. Pero, ¿vosotros también estáis allí para ella?

El despistado
¿Examen de Mates? ¿Deberes para entregar mañana? ¿Planes para el fin de semana? Este chico no tiene ni idea. ¡Y siempre llega tarde! Pero es un amigo fatal para estudiar después del instituto o para quedar el fin de semana. Es muy creativo y nunca es interesante pasar tiempo con él.

La deportista
¿Buscas a una compañera para jugar en la liga escolar? ¿Quieres hablar con alguien sobre los resultados de los partidos del fin de semana? Puedes contar con ella: le gustan los deberes y en Educación Física siempre tiene mala nota. Siempre busca una actividad. Es la persona ideal para jugar al fútbol el fin de semana, pero es imposible ver una peli en el cine con ella.

Vocabulario

2 **¿Qué es lo que te gusta en tu amigo o amiga? ¿Y qué no te gusta en él o ella? Relaciona las cualidades. | Was gefällt dir an deinem Freund oder deiner Freundin? Und was nicht so sehr? Ordne die Eigenschaften zu.**

majo/-a
divertido/-a
aburrido/-a
pesado/-a
inteligente
simpático/-a
interesante
malo/-a
estricto/-a
moderno/-a

Practicar

3 **Completa con mucho/-a/-s o poco/-a/s. | Vervollständige mit mucho/-a/-s oder poco/-a/s.**

1. En el parque hay ______ jóvenes.

2. En el cine hay ______ personas.

3. En la panadería hay ______ pan.

4. Delante de la ventana hay ______ libros.

5. La familia Sánchez tiene ______ mascotas.

6. Hoy, en la playa hay ______ gente.

4 **Completa con la preposición a si es necesario. | Ergänze die Präposition a, falls notwendig.**

1. Mi amigo y yo vemos ______ la película en el cine.
2. Nora llama ______ Álex con el móvil.
3. El domingo visitamos ______ mis abuelos.
4. Lilli busca ______ su mochila.
5. Pau e Ismael ven ______ las chicas en el parque.
6. Veo ______ mis amigos en el colegio.

5 a Relaciona las frases con **para + infinitivo**. | Verbinde die Sätze mit **para + Infinitiv**.

Julia es la amiga ideal
Vamos a la fiesta
Hago una fiesta el sábado
¿Vas al supermercado
¿Nos encontramos a las siete
El domingo es el día ideal

para escuchar música?
para descansar.
para hacer cosas divertidas.
para celebrar mi cumpleaños.
para comprar pan?
para charlar con nuestros amigos.

b Escribe más frases con **para + infinitivo**. | Schreibe mehr Sätze mit **para + Infinitiv**.

hablar de [...] | estudiar | organizar [...] | hacer [...] | probar [...] | comprar ropa

6 a Escribe tres adjetivos debajo de cada dibujo. ¡Vigila las terminaciones! | Schreibe je drei passende Adjektive unter jedes Bild. Achte auf die korrekten Endungen!

pesado/-a • majo/-a • divertido/-a • estricto/-a • pequeño/-a • aburrido/-a • inteligente • interesante • moderno/-a • simpático/-a • creativo/-a • popular • ideal • [...]

b Elige dos de las imágenes de arriba y describe las personas utilizando los adjetivos. Escribe en tu cuaderno. | Wähle zwei der Bilder von oben aus und beschreibe die Personen mit den Adjektiven. Schreibe in dein Heft.

Hablar

7 Haced el tándem (p. 98). | Bearbeitet den Tandembogen (S. 98).

8 Eres nuevo/-a en la ciudad. Escribe tu perfil para la página web «pandilla popular». | Du bist neu in der Stadt. Schreibe dein Profil für die Internetseite „pandilla popular".

pandilla popular

Hola, busco amigos y amigas en esta ciudad.

Me llamo ______

Soy ______

______

pero también ______

Me gusta ______

______

Mediación

9 Aquí tienes otras dos palabras divertidas alemanas para hablar de personas con determinadas cualidades. Explícalas en español. | Hier sind noch zwei witzige Bezeichnungen für Menschen mit bestimmten Eigenschaften. Erkläre sie auf Spanisch. Verwende Umschreibungen.

Spielverderber/in

Einzelgänger/in

tranquilo/-a • hacer cosas • siempre • (no) gustar • pesado/-a • participar • [...]

______

______

______

______

Escuchar

10 Escucha lo que cuenta Laura de su pandilla y completa las frases con sólo dos o tres palabras. | Höre, was Laura über ihre Clique erzählt und ergänze die Sätze mit nur zwei oder drei Wörtern. ▶ Destrezas, p. 138/19

Ana es muy ______ y ______.

Vero es ______ e ______.

Vero sabe mucho sobre ______ y ______.

Fernando es ______, un poco ______ y ______.

Francisco es muy ______ y un poco ______.

5 Mi página

facultativo

Conozco estas palabras para describir a alguien. | Ich kenne diese Wörter, um jemanden zu beschreiben.

En mis amig@s me gustan estas cualidades. | Diese Eigenschaften mag ich bei meinen Freunden und Freundinnen.

Así soy yo. | So bin ich.

Soy ______________________________

Tengo ______________________________

____

____

Soy la persona ideal para ______________________________

____

____

1 **Escucha y marca la casilla correcta. | Höre zu und kreuze das richtige Bild an.** ▶ Destrezas, p. 138/19

Sieh dir die Bilder an und notiere Größe, Haarfarbe und weitere Einzelheiten. So bereitest du dich schon auf das Hören vor und kannst die passenden Wörter dann besser erkennen.

1. ¿De qué chico hablan?

☐ 
a

☐ 
b

☐ 
c

2. ¿De qué mujer hablan?

☐ 
a

☐ 
b

☐ 
c

3. ¿De qué personas hablan?

☐ 
a

☐ 
b

☐ 
c

4. ¿De qué personas hablan?

☐ 
a

☐ 
b

☐ 
c

facultativo

Vocabulario

1 **Elige las palabras correspondientes para describir a la persona. | Wähle die passenden Wörter aus, um die Person zu beschreiben.**

- Es alto/-a. / Es bajo/-a.
- Tiene el pelo liso/rizado/corto/largo.
- Es pelirrojo/-a. / Tiene el pelo marrón/rubio/negro.
- Tiene los ojos negros/azules/verdes.
- Lleva gafas. / No lleva gafas.
- Lleva gorra. / Lleva bufanda.

Gramática

2 **El verbo ir: Completa las frases con las formas correctas del verbo ir. | Vervollständige die Sätze mit den richtigen Formen des Verbs ir.**

Lili: Hola Nora, ¿______________ (nosotros) a la playa hoy?

Nora: No sé, yo ______________ con mi madre a comprar.
¿A qué hora ______________ (vosotros)?

Lili: A ver, Álex, tú ______________ a las cuatro de la tarde, ¿verdad?

Álex: Sí, claro. Ismael, ¿tú ______________ también?

Ismael: Yo ______________, si ______________ Pau y Nora también.

Álex: Sí, Pau ______________ con nosotras.

Lili: Perfecto, pues ya está, ¡esta tarde ______________ (nosotros) a la playa!

3 **El verbo poder: Completa las frases con las formas correctas del verbo poder. | Vervollständige die Sätze mit den richtigen Formen des Verbs poder.**

Pau: ¿______________ (tú) ir al taller de baile esta noche?

Álex: Sí, ______________ (nosotros) quedar en mi casa.
Lili, Ismael, ¿______________ (vosotros) ir también?

Ismael: Yo no ______________ porque tengo que ir a comprar ropa con mi padre.

Álex: Y tú, Lili, ¿______________ ir al taller? Ah, ¿______________ ir Nora también?

Lili: Sí, claro, y Nora y Amaia también ______________ ir. ¡Les gusta mucho bailar!

▶ Soluciones

facultativo

4 **El verbo gustar:** Completa las frases con **me/te/le** y **gusta** o **gustan**. | Vervollständige die Sätze mit **me/te/le** und **gusta** oder **gustan**.

A mí _______________ las fiestas. Por eso, en la fiesta de San Isidro sobre todo _______________ el taller de fotografía, pero no _______________ el teatro.

Es muy aburrido. Y tampoco _______________ comer rosquillas.

A mi amigo Pau sí _______________ las rosquillas.

¿A ti _______________ las fiestas? ¿Hay una fiesta en tu ciudad? ¿Qué _______________ hacer?

5 **Los interrogativos cuál/cuáles:** Hay un chico nuevo en el instituto. Nora le hace preguntas. Completa con **cuál/cuáles**. | Es gibt einen neuen Schüler in der Schule. Nora stellt ihm Fragen. Vervollständige die Sätze mit **cuál/cuáles**.

1. ¿__________ es tu clase?
2. ¿__________ son las canciones que escuchas siempre?
3. ¿__________ es tu número de teléfono?
4. ¿__________ son las lenguas que hablas?

6 **La preposición a con personas:** Completa con la preposición **a** si es necesario. | Ergänze die Präposition **a**, falls nötig.

1. Pau llama _____ su abuela.
2. Nora ayuda _____ su amiga.
3. Álex busca _____ su móvil.
4. Ismael y Pau escuchan _____ un concierto.
5. La profesora informa _____ los alumnos.
6. Ismael busca _____ su hermano.
7. **Lili:** ¿Vemos _____ una película esta tarde?
8. **Nora:** No puedo, hoy veo _____ mis abuelos.

7 **La oración relativa con que:** Combina las frases usando el pronombre relativo **que**. | Verbinde die Sätze mit dem Relativpronomen **que** zu seinem Satz.

1. Esta es mi tía Ana. Es muy simpática.

____

2. Tengo dos gatas. Se llaman Rosa y Blanca.

____

3. Enfrente del colegio hay un café. El café es moderno.

____

4. Tenemos un profesor nuevo. Es muy divertido.

____

5. Pedro tiene muchos libros. Los libros son muy interesantes.

____

▶ Soluciones

5 Módulo

¿Qué te gusta hacer?

Practicar

1 ¿Qué hacen en las vacaciones (Libro, p. 118)? Completa la tabla. | Wer macht was in den Ferien (Buch, S. 118)? Ergänze die Tabelle. Nicht immer gibt es im Text Angaben zu allen Punkten.

	¿Dónde?	¿Con quién/es?	¿Cuándo? / ¿Cuánto tiempo?
 Pau			
 Ismael			
 Álex			
 Lili			
 Nora			

2 a **Relaciona los verbos con los complementos. | Verbinde die Verben mit den passenden Ergänzungen.**

1. hacer	a. un museo	6. llegar	f. por el centro
2. abrir	b. una postal	7. viajar	g. a casa
3. encontrar	c. planes	8. pasear	h. a los abuelos
4. visitar	d. las vacaciones	9. visitar	i. en actividades divertidas
5. pasar	e. el buzón	10. participar	j. a Madrid

b **Elige cinco verbos con complementos y escribe frases. | Wähle fünf Verben mit Ergänzungen aus und schreibe Sätze.**

1. ______________________________
2. ______________________________
3. ______________________________
4. ______________________________
5. ______________________________

3 Busca las formas del verbo **ir** apúntalas en la tabla. | Finde die Formen des Verbes **ir** und schreibe sie in die Tabelle.

vamosvanvoyvaisvasva

singular		plural	
[yo]	______	[nosotros/-as]	______
[tú]	______	[vosotros/-as]	______
[él/ella]	______	[ellos/ellas]	______

4 ¿Qué van a hacer en verano? Escribe frases. | Was werden sie im Sommer machen? Schreibe Sätze.

1. **Marta:** pasear por el centro, ir al museo *Marta va a* ______
2. **José y Alberto:** ir a los Pirineos ______
3. **Nosotros:** viajar a Francia ______
4. **Vosotros:** escribir una postal ¿______?
5. ¿Y tú? ¿Qué ______ (hacer/tú)?
6. Yo ______

5 Gonzalo, de vuestra clase de intercambio, os ha escrito una postal. Ordena las frases. | Gonzalo aus eurer Austauschklasse hat euch eine Postkarte geschrieben. Bringe die Sätze in die richtige Reihenfolge.

Esta tarde vamos a ir a la playa.
Muchos saludos y un abrazo, Gonzalo
Con mi familia pasamos las vacaciones en Málaga, en la Costa del Sol.
La semana que viene vamos a volver a Madrid.
Mañana vamos a visitar el Museo Pablo Picasso en el centro.
Querid@s amig@s:
Aquí hace mucho calor.

______
______
______
______
______
______

6 Contéstale a Gonzalo. ¿Qué vas a hacer mañana y la semana que viene? Escribe en tu cuaderno. | Antworte Gonzalo. Erzähle, was du morgen und nächste Woche machen wirst. Schreibe in dein Heft.

Un día especial de Gonzalo Rojas Cisternas

¡Por fin vacaciones de verano! Este año, Ismael, Nora, Lili, Pau y Álex van a ir a lugares diferentes. Por eso, quieren pasar un día juntos en un parque de atracciones cerca de Madrid. Ya tienen las entradas y los billetes de tren, pero ¿qué pueden hacer en el parque de atracciones? En el tren hacen planes y discuten sobre las atracciones más interesantes. Tienen muchas ideas y quieren hacer muchas cosas diferentes. ¡Hay muchas atracciones en el parque! Charlan y discuten para organizar el día.

Nora tiene un vídeo de una atracción muy guay que se llama «Huracán». Sus amigos también quieren ver cómo es. Les gusta mucho y tienen ganas de ir a esa atracción juntos. Pau también tiene un vídeo de «Huracán» en su móvil – pero en ese momento el tren llega a la estación y los chicos tienen que salir. ¡Ya están cerca del parque!

el parque de atracciones *Themenpark, Vergnügungspark*
el billete *die Fahrkarte* **las atracciones más interesantes** *die interessantesten Fahrgeschäfte* **rápido/-a** *schnell*
les gusta *(es) gefällt ihnen*

Los chicos salen del tren y van al parque. Ya hay mucha gente y tienen que hacer cola. Tienen las entradas en sus móviles. Pau busca su móvil en su chaqueta, pero allí no está. Busca en su pantalón, y allí tampoco está. Después busca en su mochila, ¡pero allí tampoco está! ¡Qué horror!

La pandilla pasa un día genial en el parque: van a «Súper Río», a la noria gigante y al cine 3D. Luego toman algo en una heladería para descansar. Después van a «Ultra Montaña». Para Nora, «Ultra Montaña» no está mal, pero ella prefiere el «Híper Giro». ¡Es muy intenso!

Luego van juntos al «Huracán».

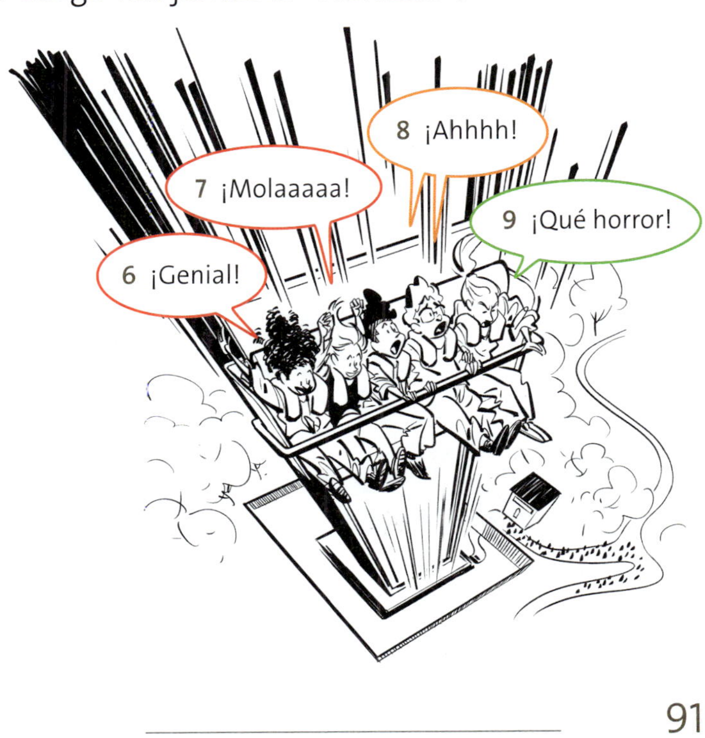

¡Qué horror! *Schrecklich!* **la noria gigante** *das Riesenrad*
intenso/-a *heftig, intensiv*

Ahora, los chicos tienen mucha hambre y quieren comprar pizzas para compartir y algo para tomar, ¡claro!

En la pizzería del Parque, la pandilla hace chistes sobre las fotos más divertidas, pero Pau está triste: solo piensa en su móvil. ¿Qué va a hacer? ¿Qué va a decir su padre? Un grupo de tres jóvenes en la mesa de al lado mira a la pandilla ¡Qué pesados!

¡Qué día guay! Al final, Pau tiene otra vez su móvil, y la pandilla ahora tiene más amigos.

estar triste *traurig sein* **la oficina de objetos perdidos** *das Fundbüro*

1 **Estos son los protagonistas de la novela gráfica. Apunta sus nombres. |**
Das sind die Hauptfiguren der Graphic Novel. Schreibe ihre Namen auf.

____

2 **Lee la primera parte del texto (p. 90, ll. 1–13) y contesta las preguntas. |**
Lies den ersten Abschnitt des Textes S. 90, Z. 1–13) und beantworte die Fragen.

1. Los jóvenes de la pandilla van a...
   - ☐ a. viajar en tren a Madrid.
   - ☐ b. pasar las vacaciones juntos.
   - ☐ c. pasar un día en un parque de atracciones.

2. Lili quiere...
   - ☐ a. ir a una atracción con agua.
   - ☐ b. pasar un día con mucho calor.
   - ☐ c. tomar mucha agua porque hace calor.

3. Álex prefiere...
   - ☐ a. hacer algo para niños.
   - ☐ b. ir a una atracción muy alta.
   - ☐ c. hacer algo con mucha agua.

4. Pau quiere...
   - ☐ a. ver a mucha gente.
   - ☐ b. hacer cola y comer helado.
   - ☐ c. ir a muchas atracciones y comer pizza.

3 **¿Qué problema tiene Pau (p. 91, ll. 24–28)? ¿Cómo lo ayudan sus amigos (p. 91, bocadillos 2–4)? |**
Welches Problem hat Pau (S. 91, Z. 24–28)? Wie helfen ihm seine Freunde (p. 91, Sprechblasen 2–4)?

____

____

4 **¿Cómo acaba la historia (p. 92)? Elige el resumen correcto. |**
Wie geht die Geschichte aus (p. 92)? Wähle die passende Zusammenfassung aus.

- ☐ a. La pandilla está en una heladería. Un chico dice: «El móvil está en la oficina de objetos perdidos». Pau está triste porque no tiene su móvil. La pandilla va a casa.
- ☐ b. La pandilla come pizza. Una chica dice: «El móvil está en la oficina de objetos perdidos». Pau ya no está triste porque tiene su móvil. La pandilla pasa tiempo con los amigos de Madrid.
- ☐ c. La pandilla está en una pizzería. Una chica muy pesada tiene el móvil de Pau. Al final, la pandilla vuelve a Madrid en tren.

Tándem Unidad 1

So arbeitet ihr mit einem Tandembogen:

- Legt fest, wer A und wer B ist.
- Faltet das Blatt in der Mitte. A hat die linke Spalte vor sich. B sieht sich nur die rechte Spalte an.
- A beginnt und liest eine Frage vor. B beantwortet sie.
- B hilft oder korrigiert A, wenn es nötig ist.
- Dann liest B die nächste Frage vor und A beantwortet sie.
- Nach einem Durchgang tauscht ihr die Rollen.

A	B
A: Hola! ¿Cómo [...] (*llamarte*/tú)? 	A: ¡Hola! ¿Cómo te llamas?
B: Me llamo...	B: [...] (*Llamarme*/yo) [...] Y tú, ¿qué tal?
A: [...] ¿Cuántos años tienes?	A: Muy bien. / ¡Genial!
B: Tengo [...] años.	B: [...] (*Tener*/yo) [...] años. ¿Y tú? 
A: [...] (*Tener*/yo) [...] años. ¿Dónde quedamos? 	A: Tengo [...] años.
B: Quedamos en el parque.	B: [...] (*Quedar*/nosotros) en el... ¿Y dónde tomamos algo? 
A: [...] (*Tomar*/nosotros) algo en... ¿Y los amigos, dónde quedan? 	A: Tomamos algo en la heladería.
B: Los amigos quedan en el café.	B: Los amigos [...] (*quedar*) en el... ¿Quiénes son los amigos? 
A: [...] (*Ser*/ellos) Marta y Carlos. ¿Y quién es ella?	A: Son Marta y Carlos.
B: Es Francisca, la vecina.	B: [...] (*Ser*/ella) Francisca, la vecina. ¿De dónde son los amigos?
A: (*Ser*/ellos) [...] de Perú. Ah, y la vecina, ¿de dónde es? 	A: Son de Perú.
B: Ella es de Sevilla, de Andalucía. Adiós.	B: Ella [...] (*ser*) de Sevilla, de Andalucía. Bueno, hasta luego. 

Tándem Unidad 2

Si no recordáis cómo trabajar con las fichas tándem, mirad la p. 94. | Wenn ihr nicht mehr wisst, wie ihr mit den Tandembögen arbeitet, schaut auf S. 94 nach.
Con este tándem practicáis las preposiciones. | Mit diesem Tandembogen übt ihr die Präpositionen.

A

A: ¿Dónde está el lápiz?

B: El lápiz está en el estuche.

A: La tableta está [...].

A: ¿Dónde están los libros?

B: Los libros están en la estantería.

A: El póster está [...].

A: ¿Dónde está la mochila?

B: La mochila está delante del armario.

A: La lámpara está [...].

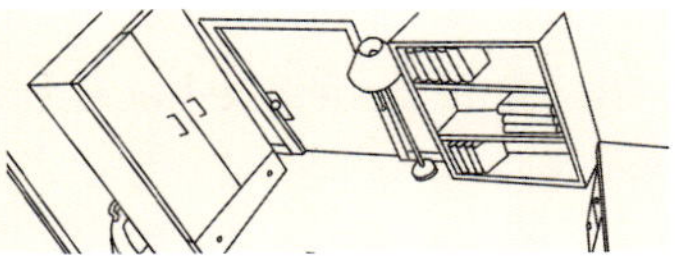

A: ¿Dónde está el cuaderno?

B: El cuaderno está al lado la lámpara.

A: El libro está [...].

A: ¿Dónde está la chica?

B: La chica está detrás de la puerta.

A: La alfombra está [...].

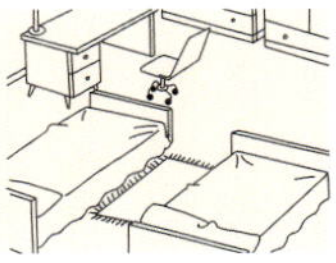

B

B: El lápiz está [...].

B: ¿Dónde está la tableta?

A: La tableta está debajo de la silla.

B: Los libros están [...].

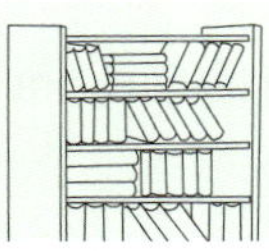

B: ¿Dónde está el póster?

A: El póster está en la pared.

B: La mochila está [...].

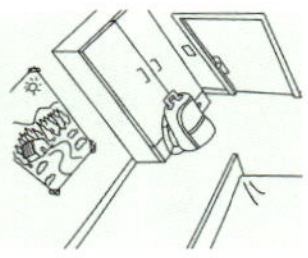

B: ¿Dónde está la lámpara?

A: La lámpara está entre la puerta y la estantería.

B: El cuaderno está [...].

B: ¿Dónde está el libro?

A: El libro está en / encima de la mesa.

B: La chica está [...].

B: ¿Dónde está la alfombra?

A: La alfombra está entre las (dos) camas.

Tándem Unidad 3

Si no recordáis cómo trabajar con las fichas tándem, mirad la p. 94. | Wenn ihr nicht mehr wisst, wie ihr mit den Tandembögen arbeitet, schaut auf S. 94 nach.
Aquí practicáis hablar sobre las tareas del hogar. | Hier übt ihr, über die Aufgaben im Haushalt zu sprechen.

A

A: ¿Qué tiene que hacer tu hermano pequeño en casa?

B: Mi hermano pequeño tiene que ordenar su habitación.

A: [...]

A: ¿Qué hace tu padre en casa?

B: Mi padre normalmente cocina.

A: [...]

A: ¿Qué tiene que hacer tu madre?

B: Mi madre tiene que hacer la compra.

A: [...]

A: ¿Y qué tienes que hacer tú?

B: Yo tengo que limpiar el baño.

A: a veces [...]

A: ¿Y qué tenemos que hacer después de una fiesta?

B: ¡Uf! No mola, tenemos que ordenar el salon, (ordenar y) limpiar la cocina y sacar la basura.

B

B: [...]

B: ¿Y qué tiene que hacer tu hermano en casa?

A: Mi hermano tiene que sacar la basura.

B: normalmente [...]

B: Y tu padre, ¿Qué tiene que hacer?

A: Mi padre tiene que hacer la cama.

B: [...]

B: ¿Qué tiene que hacer tu hermana?

A: Mi hermana tiene que ordenar su habitación.

B: [...]

B: ¿Y tú, ¿qué tienes que hacer?

A: Yo, a veces, tengo que hacer la compra.

B: ¡Uf! No mola, [...]

Tándem Unidad 4

Si no recordáis cómo trabajar con las fichas tándem, mirad la p. 94. | Wenn ihr nicht mehr wisst, wie ihr mit den Tandembögen arbeitet, schaut auf S. 94 nach.
Hoy practicáis las materias escolares y la hora. | Heute übt ihr die Schulfächer und die Uhrzeit.

A

A: ¿Cuándo tiene Álex clase de [...]?

B: Álex tiene clase de ... a las once y media.

B: ¿Cuándo tiene Ismael clase de Alemán?

A: Ismael tiene clase de Alemán a [...]. 10:15

A: ¿Cuándo tiene Lili clase de [...]?

B: Lili tiene clase de ... a las dos menos cuarto.

B: ¿Cuándo tiene Pau clase de Educación Física?

A: Pau tiene clase de Educación Física a [...]. 09:45

A: ¿Cuándo tiene Nora clase de [...]?

B: Nora tiene clase de ... a las nueve y veinte.

A: ¿Cuándo tiene Amir clase de Matemáticas?

A: Amir tiene clase de Matemáticas a [...]. 10:50

A: ¿Cuándo tiene Amaia clase de [...]?

B: Amaia tiene clase de ... a la una y media.

B

A: ¿Cuándo tiene Álex clase de Educación Plástica?

B: Álex tiene clase de Educación Plástica a [...]. 11:30

B: ¿Cuándo tiene Ismael clase de [...]?

A: Ismael tiene clase de ... a las diez y cuarto.

A: ¿Cuándo tiene Lili clase de Tecnología y Digitalización?

B: Lili tiene clase de Tecnología y Digitalización a [...]. 13:45

B: ¿Cuándo tiene Pau clase de [...]?

A: Pau tiene clase de ... a las diez menos cuarto.

A: ¿Cuándo tiene Nora clase de Música?

B: Nora tiene clase de Música a [...]. 9:20

B: ¿Cuándo tiene Amir clase de [...]?

A: Amir tiene clase de ... a las once menos diez.

A: ¿Cuándo tiene Amaia clase de Inglés?

B: Amaia tiene clase de Inglés a [...]. 13:30

Tándem Unidad 5

Si no recordáis cómo trabajar con las fichas tándem, mirad la p. 94. | Wenn ihr nicht mehr wisst, wie ihr mit den Tandembögen arbeitet, schaut auf S. 94 nach.
Con este tándem practicáis los adjetivos. | Mit diesem Tandembogen übt ihr die Adjektive.

A	B
A: Hola, ¿cómo es tu amiga Mercedes? B: Mercedes es muy simpática.	**B:** Hola, pues, Mercedes es muy [...] (simpático/-a).
A: Jorge es un chico [...] (majo/-a) y [...] (divertido/-a).	**B:** ¿Y cómo es tu amigo Jorge? A: Jorge es un chico majo y divertido. .
A: ¿Y cómo es tu nueva profesora? B: Mi nueva profesora es moderna y estricta, pero también es muy maja.	**B:** Mi nueva profesora nueva es [...] (moderno/-a) y [...] (estricto/-a), pero también es muy [...] (majo/-a).
A: Bueno, las clases de Inglés son bastante [...] (aburrido/-a), pero las clases de Español son muy [...] (interesante).	**B:** ¿Y cómo son tus clases? A: Las clases de Inglés son bastante aburridas, pero las clases de Español son muy interesantes.
A: Y tus clases, ¿cómo son? B: Las clases de Mates son interesantes, pero las clases de Geografía a veces son bastante pesadas.	**B:** Las clases de Mates son [...] (interesante), pero las clases de Geografía a veces son bastante [...] (pesado/-a).
A: Mi profesora de Español es bastante [...] (joven). Es [...] (inteligente) y muy [...] (moderno/-a) y no es muy [...] (estricto/-a).	**B:** ¿Cómo es tu profesora de Español? A: Mi profesora de Español es bastante joven. Es inteligente y muy moderna y no es muy estricta.
A: ¿Cómo son tus compañeros de clase? B: Mis compañeros de clase son divertidos y simpáticos. Pero hay dos chicas un poco pesadas.	**B:** Mis compañeros son [...] (divertido-/a) y [...] (simpático/-a). Pero hay dos chicas un poco [...] (pesado/-a).
A: Bueno, Jorge es un chico [...] (alto/-a), pero tiene los ojos [...] (azul). Casi siempre lleva una gorra [...] (feo/-a).	**B:** Jorge es un chico alto con los ojos marrones, ¿verdad? A: Bueno, Jorge es un chico alto, pero tiene los ojos azules. Casi siempre lleva una gorra fea.
A: Paula y Pepa están en tu clase, ¿no? ¿Cómo son? B: Sí, Paula y Pepa están en mi clase. Son dos chicas activas y creativas.	**B:** Sí, Paula y Pepa están en mi clase. Son dos chicas [...] (activo/-a) y [...] (creativo/-a).
A: ¡Oh sí! Mis deberes son muy [...] (difícil). No entiendo el ejercicio de Historia.	**B:** ¿Tienes muchos deberes hoy? A: ¡Oh sí! Mis deberes son muy difíciles. No entiendo el ejercicio de Historia.
A: ¡Qué bien! Muchas gracias, eres muy [...] (majo/-a). 	**B:** Ah, pero es bastante fácil. Podemos hacer [...] (juntos/-as) ese ejercicio. 

Alumno/Alumna A

Unidad 2, ejercicio 11, p. 35

Ihr trefft euch und sprecht über den Kater von **B**. Beginne das Gespräch.

1. Du triffst **B** vor seiner/ihrer Haustür. Grüße und frage, wie es ihm/ihr geht.
3. Frage, ob der Kater nicht im Haus ist.
5. Frage, ob er im Wohnzimmer ist.
7. Ist er nicht im Badezimmer?
9. Sage, dass du Felix siehst: Er ist hinter der Tür!
11. Sage, dass Felix sicher Mäuse (*ratones*) sucht.

Unidad 3, ejercicio 11, p. 47

Du bist „La Curiosa“ und interviewst **B**. Du beginnst.

1. Grüße und sage, dass du „La Curiosa“ bist.
3. Bejahe und sage, die Frage von heute ist: „Wer ist für dich wichtig?“
5. Frage **B**, wer für ihn/sie wichtig ist.
7. Frage nach, warum diese Person für **B** wichtig ist.
9. Erkundige dich, welche Person für **B** auch noch wichtig ist und warum.
11. Bedanke dich für das Interview und verabschiede dich.

Unidad 4, ejercicio 12, p. 67

Du verlässt gemeinsam mit **B** nach dem Unterricht die Schule. Beginne das Gespräch.

1. Frage, was **B** jetzt macht.
3. Sage, dass du auch etwas im Café trinken willst, aber dass du zuerst in der Bibliothek lernst.
5. Frage **B**, wann er/sie für die Mathearbeit lernen will.
7. Erkläre, dass ihr die Arbeit morgen schreibt.
9. Bejahe und sage, dass auch Luisa da ist, und dass sie in Mathe genial ist.

Unidad 5, ejercicio 11, p. 79

Ihr zeichnet beide mit Farbstiften einen eigenen Avatar. Dann beschreibt ihr einander eure Avatare. Du beginnst.

1. Frage, ob der Avatar von **B** groß oder klein ist.
3. Frage, ob der Avatar lange oder kurze, glatte oder gelockte Haare hat.
5. Frage, welche Haarfarbe der Avatar hat.
7. Erkundige dich, ob der Avatar eine Kopfbedeckung trägt und falls ja, welche.
9. Frage nach der Augenfarbe.
11. Frage auch, ob der Avatar eine Brille oder eine Zahnspange trägt.

Zeichne den Avatar von **B** nach. Vergleicht am Ende die Zeichnungen.

Alumno/Alumna B

Unidad 3, ejercicio 11, p. 47

B

A ist „La Curiosa" und interviewt dich.
A beginnt.

2. Grüße und frage erstaunt nach, ob A „La Curiosa" aus dem Internet ist.
4. Sage: „Ah, wie interessant!"
6. Frage nach: „Für mich!?" und sage dann, welche Person für dich wichtig ist.
8. Erkläre, warum diese Person wichtig für dich ist.
10. Erzähle, wer für dich außerdem noch wichtig ist und auch warum.
12. Bedanke dich ebenfalls und verabschiede dich.

Unidad 2, ejercicio 11, p. 35

B

Ihr trefft euch und sprecht über deinen Kater.
A beginnt.

2. A trifft dich vor deiner Haustür und fragt, wie es dir geht. Du antwortest, dass es dir nicht so gut geht. Du suchst deinen Kater Felix.
4. Verneine, der Kater ist nicht im Haus. Er ist nicht in deinem Zimmer.
6. Antworte, dass er da auch nicht ist.
8. Nein, er ist nicht im Badezimmer und auch nicht in der Küche.
10. Sprich deinen Kater direkt an und frage, was er hier macht.
12. Sage zu Felix, dass es hier keine Mäuse (*ratones*) gibt.

Unidad 5, ejercicio 11, p. 79

B

Ihr zeichnet beide mit Farbstiften einen eigenen Avatar. Dann beschreibt ihr einander eure Avatare. A beginnt.

2. Frage, ob der Avatar von A groß oder klein ist.
4. Frage, ob der Avatar lange oder kurze, glatte oder gelockte Haare hat.
6. Frage, welche Haarfarbe der Avatar hat.
8. Erkundige dich, ob der Avatar eine Kopfbedeckung trägt und falls ja, welche.
10. Frage nach der Augenfarbe.
12. Frage auch, ob der Avatar eine Brille oder eine Zahnspange trägt.

Zeichne den Avatar von A nach.
Vergleicht am Ende die Zeichnungen.

Unidad 4, ejercicio 12, p. 67

B

Du verlässt gemeinsam mit A nach dem Unterricht die Schule. A fragt dich.

2. Antworte, dass du jetzt mit Marco und Aurelia im Café am Platz verabredet bist.
4. Sage, dass das kein Problem ist und ihr bis um vier Uhr da seid. Danach hast du Gitarrenunterricht.
6. Frage entsetzt, wann ihr denn eine Mathearbeit schreibt!

8. Frage, ob A jetzt in der Bibliothek für die Mathearbeit lernt.
10. Sage, dass du jetzt auch in der Bibliothek mit den beiden lernst. Du musst nur noch Marco und Aurelia Bescheid sagen (*hablar con*).

Unidad 1

Gramática

1 **Nora:** ¡Hola! **Soy** Nora, y este **es** Ismael. Tú **eres** Pau, ¿no?
Pau: Sí, **soy** Pau, **soy** de Valencia. Y vosotros, ¿de dónde **sois**?
Ismael: Nosotros **somos** de Madrid, pero mi madre y mi padre **son** de Argelia.

2 Nora **estudia** con Lili. Después **escuchan** música, **miran** vídeos y **charlan**. ¡Rrring! ¡Es Álex!
Álex: Hola, ¿**estudiáis** o **descansáis**?
Nora: **Charlamos**. Y tú, ¿**estudias**?
Álex: No, yo **miro** vídeos. ¿**Quedamos** en el parque?

3
1. ¿Nora es la vecina de Pau? **No, Nora no es la vecina de Pau.**
2. ¿Álex toca la guitarra? **No, Álex no toca la guitarra.**
3. ¿Los amigos quedan en el café? **No, no quedan en el café.**
4. ¿Nora es de Barcelona? **No, Nora no es de Barcelona.**
5. ¿Ismael es el nuevo de la clase? **No, (él) no es el nuevo.**
6. ¿Lili estudia en la biblioteca? **No, (ella) no estudia en la biblioteca.**

4
1. ¿**Quiénes** son las chicas? ¿Son Nora y Alex?
2. ¿**Cómo** te llamas? ¿Lili?
3. ¿**De dónde** es Pau? ¿De Madrid?
4. ¿**Qué** tal? ¿Bien?
5. ¿**Quién** es el chico? ¿Es Ismael?
6. ¿**Dónde** toman algo? ¿En la heladería?

Unidad 2

Vocabulario

1 **un armario, una cama, un escritorio, una estantería, una lámpara, un espejo, una silla, un sillón, un sofá, una nevera, una alfombra, una mesa**

Gramática

2 Tania **7**, Toña **3**, Telmo **9**, Toni **1**, Teo **8**, Tere **4**, Tati **2**, Tini **5**, Toño **6**

3 1. **discuten**, 2. **veo**, 3. **vivimos**, 4. **comparto**, 5. **escribís**, 6. **beben**, 7. **aprendes**, 8. **esconde**, 9. **abre**, 10. **coméis**, 11. **leo**, 12. **haces**
Solución: Nosotros **comprendemos** los verbos.

4
1. Ismael **está** en la habitación y sus padres **están** en el salón.
2. –Chicos, ¿dónde **estáis**? –**Estamos** en la cocina.
3. –Álex, ¿**estás** en casa? –No, ahora **estoy** en la plaza.

5
1. –Hola Pau, yo leo cómics en el parque. ¿Y tú? –¡Genial!, yo **también**.
2. Hoy Lili no estudia en la biblioteca, Nora y Álex **tampoco**.
3. –Chicos, nosotros hacemos los deberes en casa. ¿Y vosotros? –Nosotros **también**.
4. –No tomo zumo, ¿y tú? –Yo **tampoco**, hoy tomo agua.

6 **Pau:** Hola Lili, ¿qué **haces** hoy por la tarde? Yo **veo** vídeos en el móvil. Ah sí, Álex también **ve** vídeos.
Lili: Por la tarde **hago** los deberes en la biblioteca. ¿Por qué no **hacéis** los deberes también y después **veis** una película?
Álex: Muy bien, **hacemos** los deberes y luego **vemos** una película en la biblioteca.

Unidad 3

Vocabulario

1
1. La madre de mi madre es mi **abuela**.
2. La madre de mi primo es mi **tía**.
3. La hija de mi padre es mi **hermana**.
4. El hermano de madre es mi **tío**.
5. El hijo de mi madre es mi **hermano**.
6. El padre del hermano de mi madre es mi **abuelo**.

Gramática

2 **Yo tengo que sacar la basura.**
Mi hermano tiene que ordenar el salón.
Mi hermana y yo tenemos que cocinar.
Mis padres tienen que hacer la compra.
¿(Tú) tienes que limpiar el baño?
¿(Vosotros) tenéis que hacer la cama?

3 Esta es mi habitación. Es genial. **Mis** estanterías con **mis** libros están al lado de **mi** cama. **Mi** armario está enfrente de la puerta. Y mira, esta es la habitación de **mi** hermano. **Su** cama está debajo de la ventana y **su** ordenador, **su** consola y **sus** altavoces están en **su** escritorio. Y tú, ¿cómo es **tu** habitación? ¿Dónde están **tus** cosas importantes?

4 Mi familia es **genial**. Mis padres son muy **simpáticos** y mi hermano, bueno, normalmente es un chico **majo**, pero a veces es un poco **pesado**. Mi hermana es muy **inteligente** y siempre escucha mis problemas. Mis primos son **divertidos**. Mi primo Luis es muy **importante** para mí porque no es **aburrido**.

Unidad 4

Vocabulario

1 **Inglés, Música, Educación Plástica, Alemán, Lengua Castellana, Geografía e Historia, Física y Química, Biología y Geología**

2
1. **Pau y Álex tienen ganas de salir por la noche.**
2. **Los chicos tienen que estudiar para el examen.**
3. **Lilly hace los deberes en la biblioteca.**
4. **Nora e Ismael quieren tener un sobresaliente.**
5. **Nosotros preparamos la presentación.**
6. **Mi amiga y yo tenemos dificultades con Inglés.**

Gramática

3
1. **Lola:** Chicas, ¿qué **hacéis**?
   Nora y Álex: **Hacemos** un vídeo.
   Lola: ¡Genial! Yo **hago** el vídeo con vosotras.
2. **Lola:** Nora, Álex, ¿no **queréis** tomar la merienda?
   Nora y Álex: No, **queremos** practicar pasos de hip hop.
   Lola: ¡Mola mucho! ¡Yo **quiero** bailar también!
3. **Lola:** ¿Cuándo **salís**?
   Nora y Álex: **Salimos** a las ocho.
   Lola: Ah, muy bien, yo **salgo** con vosotras.
   Álex: ¡Hala, Lola! ¡Basta ya! Tú no **sales**.

4 1. –¿**Cuántos** libros hay? –Hay **diez**.
2. –¿**Cuántos** bolis hay? –Hay **seis**.
3. –¿**Cuántas** lámparas hay? –Hay **una**.
4. –¿**Cuántas** mochilas hay? –Hay **tres**.

5 **1 tus - c Mis; 2 vuestros - d nuestros; 3 tus - b nuestro; 4 vuestra - a nuestra**

6 Papa, quiero **ese** libro y **esos** cuadernos. Y **esos** libros son geniales. Ah, y **ese** boli mola mucho. ¡Y **esas** revistas allí! ¿Ves? Son muy divertidas. Y también necesito **esa** mochila y...

Unidad 5

Vocabulario

1 La chica es **alta**, tiene el **pelo marrón**, **largo** y **rizado**. Sus ojos son **negros**, lleva **gafas** y una **bufanda**.

Gramática

2 **Lili:** Hola Nora, ¿**vamos** a la playa hoy?
Nora: No sé, yo **voy** con mi madre a comprar. ¿A qué hora **vais**?
Lili: A ver, Álex, tú **vas** a las cuatro de la tarde, ¿verdad?
Álex: Sí, claro. Ismael, ¿tú **vas** también?
Ismael: Yo **voy**, si **van** Pau y Nora también.
Álex: Sí, Pau **va** con nosotras.
Lili: Perfecto, pues ya está, ¡esta tarde **vamos** a la playa!

3 **Pau:** ¿**Puedes** ir al taller de baile esta noche?
Álex: Sí, **podemos** quedar en mi casa. Lili, Ismael, ¿**podéis** ir también?
Ismael: Yo no **puedo** ir porque tengo que ir a comprar ropa con mi padre.
Álex: Y tú, Lili, ¿**puedes** ir al taller? Ah, ¿**puede** ir Nora también?
Lili: Sí, claro, y Nora y Amaia también **pueden** ir. ¡Les gusta mucho bailar!

4 A mí **me gustan** las fiestas. Por eso, en la fiesta de San Isidro sobre todo **me gusta** el taller de fotografía, pero no **me gusta** el teatro. Es muy aburrido. Y tampoco **me gusta** comer rosquillas. A mi amigo Pau sí **le gustan** las rosquillas. ¿A ti **te gustan** las fiestas? ¿Hay una fiesta en tu ciudad? ¿Qué **te gusta** hacer?

5 1. ¿**Cuál** es tu clase?
2. ¿**Cuáles** son las canciones que escuchas siempre?
3. ¿**Cuál** es tu número de teléfono?
4. ¿**Cuáles** son las lenguas que hablas?

6 1. Pau llama **a** su abuela.
2. Nora ayuda **a** su amiga.
3. Álex busca **-** su móvil.
4. Ismael y Pau escuchan **-** un concierto.
5. La profesora informa **a** los alumnos.
6. Ismael busca **a** su hermano.
7. **Lili:** ¿Vemos **-** una película esta tarde?
8. **Nora:** No puedo, hoy veo **a** mis abuelos.

7 1. **Esta es mi tía Ana que es muy simpática.**
2. **Tengo dos gatas que se llaman Rosa y Blanca.**
3. **Enfrente del colegio hay un café que es moderno.**
4. **Tenemos un profesor nuevo que es muy divertido.**
5. **Pedro tiene muchos libros que son muy interesantes.**

Bildquellenverzeichnis

Cover:
stock.adobe.com/JUAN CARLOS MUÑOZ

Illustrationen:
Cornelsen/Laurent Lalo: S. 4/u.r., S. 94/Illustrationen, S. 96/Badezimmer; Cornelsen/Manuela Ostadal: S. 24/Emoji; Cornelsen/Marc Rueda: S. 3/u. l., S. 74/Illustrationen außer Mütze Blau, S. 80, S. 90, S. 91, S. 92, S. 93, S. 99/u. r., S. 100/u. l.; Cornelsen/Marina Perez Luque: S. 4/o. r., S. 4/m. r., S. 4/m. l., S. 5/m. r., S. 5/o. l., S. 6/u., S. 7/o., S. 11, S. 12/Illustrationen, S. 13, S. 15/Illustrationen, S. 19, S. 22, S. 24/u., S. 27, S. 29, S. 31/8, S. 32, S. 33/4a, S. 34, S. 35/Illustrationen, S. 38, S. 41, S. 42, S. 43/m., S. 43/o., S. 48/o., S. 51, S. 61, S. 62, S. 63, S. 65, S. 70/u. r., S. 71, S. 72, S. 73/Illustrationen, S. 75, S. 82, S. 86/o., S. 99/o.l., S. 100/o. r.; Cornelsen/Michael Kunz: S. 8 Kugel; Cornelsen/Rafael Broseta Gaudisa: S. 56/2. Uhren, S. 74/Mütze Blau, S. 94/u. r., S. 95, S. 96/Illustrationen außer Badezimmer, S. 98, S. 99/o. r., S. 99/u. l., S. 100/o. l., S. 100/u. r.; Cornelsen/Tanja Székessy: S. 57; Cornelsen/Volkhard Binder: S. 8/Karte, S. 9/Karte

Abbildungen:
S. 5/o. r.: Shutterstock.com/Globe Turner; S. 6/1 Hintergrund: stock.adobe.com/Daniel; S. 6/1 Personen: Cornelsen/Lucentum Productions; S. 7/Personen: Cornelsen/Lucentum Productions; S. 10/1 u. m.: stock.adobe.com/Hans Hansen; S. 10/1 o. l.: stock.adobe.com/SantiFernándezBobes; S. 10/1 u. l.: mauritius images/Alberto-G-R/Alamy Stock Photos; S. 10/1 u. r.: Shutterstock.com/zhu difeng; S. 10/1 o. r.: Shutterstock.com/Moskwa; S. 10/1 o.m.: Shutterstock.com/Skylines; S. 12/Personen: Cornelsen/Lucentum Productions; S. 14/u. r.: Shutterstock.com/Paulo Miguel Costa; S. 14/4 o. m.: mauritius images/Stefan Kiefer; S. 14/4 u. l.: Shutterstock.com/David Fuentes Prieto; S. 14/4 o. l.: stock.adobe.com/josevj; S. 14/4 o. r.: Shutterstock.com/VIVIAN NG; S. 14/4 u. r.: Shutterstock.com/Page Light Studios; S. 14/4 u. m.: Shutterstock.com/benjasanz; S. 15/Personen: Cornelsen/Lucentum Productions; S. 16: Cornelsen/Lucentum Productions; S. 17: Cornelsen/Lucentum Productions; S. 18: Cornelsen/Lucentum Productions; S. 20: stock.adobe.com/elena_garder; S. 21/u. l.: mauritius images/Alberto-G-R/Alamy Stock Photos; S. 21/o. l.: Shutterstock.com/Vivvi Smak; S. 21/u.m.: mauritius images/White Star/Monica Gumm/imageBROKER; S. 21/u. r.: mauritius images/Jeffrey Isaac Greenberg 5+/Alamy Stock Photos; S. 21/o. m.: mauritius images/Westend61; S. 21/o. r.: mauritius images/Mario Galati/Alamy Stock Photos; S. 23: Cornelsen/Lucentum Productions; S. 24/v. l. n. r.: Cornelsen/Lucentum Productions, Shutterstock.com/Volodymyr TVERDOKHLIB, Shutterstock.com/SmileStudio, Shutterstock.com/Paul Stringer, Shutterstock.com/hxdbzxy, Shutterstock.com/Brenda Carson, Shutterstock.com/Africa Studio, Shutterstock.com/2M media, Shutterstock.com/JRP Studio, stock.adobe.com/Inka; S. 25/u. r.: mauritius images/Ulrich Niehoff; S. 25/u. m.: Shutterstock.com/Butterfly Hunter; S. 25/u. l.: Shutterstock.com/happycreator; S. 26/5: Shutterstock.com/134lnstudio; S. 26/1: Shutterstock.com/ALEXSTAND; S. 26/10: Shutterstock.com/Taiga; S. 26/7: Shutterstock.com/kibri_ho; S. 26/9: Shutterstock.com/Design gallery; S. 26/8: Shutterstock.com/3DPhoto; S. 26/3: Shutterstock.com/melissamn; S. 26/2: Shutterstock.com/Photographee.eu; S. 26/6: Shutterstock.com/Mile Atanasov; S. 26/4: Shutterstock.com/Artazum; S. 28/v. l. n. r.: Shutterstock.com/Tawan Jz, Shutterstock.com/Marine's, mauritius images/Pixtal, Shutterstock.com/max dallocco, stock.adobe.com/Nasared, Shutterstock.com/nito, Shutterstock.com/montego, Shutterstock.com/ifong; S. 30/u. r.: Shutterstock.com/Emily frost; S. 30/Tänzer: Shutterstock.com/Lana Brow; S. 31/9. u. r.: Shutterstock.com/dimpank; S. 31/9. r. o.: stock.adobe.com/Andrii; S. 31/9. m.: Shutterstock.com/studiostoks; S. 31/9. o. l.: Shutterstock.com/Lana Brow; S. 33/3b: Cornelsen/Lucentum Productions; S. 35/o. l.: Cornelsen/Lucentum Productions; S. 35/o. r.: Cornelsen/Lucentum Productions; S. 37/v. l. n. r.: Shutterstock.com/studiovin, Shutterstock.com/passpun, stock.adobe.com/Tatiana, Shutterstock.com/Mintoboru, Shutterstock.com/PodPad, Shutterstock.com/Alexander Mak, Shutterstock.com/tale, Shutterstock.com/sema srinouljan, Shutterstock.com/KateStudio, Shutterstock.com/New Africa, stock.adobe.com/Björn Wylezich, Shutterstock.com/Africa Studio, Shutterstock.com/AlexRoz, Shutterstock.com/dedek, Shutterstock.com/Kasefoto; S. 37/3 o.: Shutterstock.com/Vector Up; S. 37/3 u.: Shutterstock.com/VectorPlotnikoff; S. 37/3 m.: Shutterstock.com/Mary Long; S. 39: Cornelsen/Lucentum Productions; S. 40/Kleblätter: Shutterstock.com/luma_art; S. 40/Herz: Shutterstock.com/tatevrika; S. 40/Emoji: Shutterstock.com/Yulia Glam; S. 40/Tropfen: Shutterstock.com/Oleksandr Molotkovych; S. 40/Sonne: Shutterstock.com/WEB-DESIGN; S. 40/Monate: 1: Shutterstock.com/Kichigin, 2: Shutterstock.com/Luis Cagiao, 3: Shutterstock.com/EllenSmile, 4: Shutterstock.com/trabachar, 5: Shutterstock.com/ER_09, 6: stock.adobe.com/Christian Pedant, 7: Shutterstock.com/Boule, 8: Shutterstock.com/Guenter Albers, 9: Shutterstock.com/Brenda Carson, 10: stock.adobe.com/Smileus, 11: stock.adobe.com/kab-vision, 12: Shutterstock.com/MillerZ; S. 43/u. doppelt: Shutterstock.com/GoodFocused; S. 44: Cornelsen/Lucentum Productions; S. 45/o.: Shutterstock.com/mgequivalents; S. 45/m.: Shutterstock.com/Josep Suria; S. 45/u.: Shutterstock.com/Mark_KA; S. 46: Cornelsen/Lucentum Productions; S. 48/m.: Shutterstock.com/PhotographyByMK; S. 48/u.: mauritius images/alamy stock photo/Sergi Reboredo; S. 49/v. l. n. r.: Shutterstock.com/Stock Up, Shutterstock.com/Maksim Safaniuk, Shutterstock.com/DUSAN ZIDAR, Shutterstock.com/Monkey Business Images, Shutterstock.com/LianeM, Shutterstock.com/Dimedrol68, Shutterstock.com/Cryptographer; S. 50/u. r. doppelt : Shutterstock.com/Rido; S. 50/u. l. doppelt: Shutterstock.com/Ivanenko.PRO; S. 50/u. m. doppelt: Shutterstock.com/Andrey Pavlov; S. 53/1. v. l. n. r.: Shutterstock.com/alfernec, stock.adobe.com/Photo-SD, Shutterstock.com/AJR_photo, Shutterstock.com/stockfour, Shutterstock.com/Nadino, Shutterstock.com/goodluz, stock.adobe.com/Daniel Ernst, mauritius images/Cavan Images, Shutterstock.com/Quinn Martin, Shutterstock.com/Daniel M Ernst, S. 53/2. v. l. n. r.: Shutterstock.com/New Africa, Shutterstock.com/REDPIXEL.PL, Shutterstock.com/George Rudy, stock.adobe.com/karepa, Shutterstock.com/New Africa; S. 54: Cornelsen/Lucentum Productions; S. 55: Shutterstock.com/ESB Professional; S. 56/1. o. l.: stock.adobe.com/diegograndi, 1. o. l. Uhr: Shutterstock.com/szefei, 1. o. m.: Shutterstock.com/Vitaly Goncharov, 1. o. m. Uhr: Shutterstock.com/szefei, 1. o. r.: stock.adobe.com/javarman, 1. o. r. Uhr: Shutterstock.com/szefei, 1. u.l.: stock.adobe.com/snaptitude, 1. u.l. Uhr: Shutterstock.com/Dimedrol68, 1. u. m.: Shutterstock.com/Mistervlad, 1. u. m. Uhr: Shutterstock.com/monticello, 1. u.r.: stock.adobe.com/Bogdan Lazar, 1. u. r. Uhr: Shutterstock.com/RainiKandi; S. 58/1: Shutterstock.com/Oleksiy Mark, 2: Shutterstock.com/Oleksiy Mark, 3: Shutterstock.com/reisegraf.ch, 4: Shutterstock.com/VitaminCo, 5: Shutterstock.com/Rabbitmindphoto, 6: Shutterstock.com/Alexander Mak, 7: Shutterstock.com/Karynav, 8: Shutterstock.com/Westlight, 9: stock.adobe.com/Melinda Nagy, 10: Shutterstock.com/galaira, 11: Shutterstock.com/Monkey Business Images, 12: Shutterstock.com/PJjaruwan; S. 59/m.: Shutterstock.com/Paul Stringer; S. 59/r.: Shutterstock.com/SmileStudio; S. 59/l.: Shutterstock.com/Globe Turner; S. 60: Shutterstock.com/LucVi; S. 64: Shutterstock.com/DeawSS; S. 66/u. r.: stock.adobe.com/IB Studio; S. 66/Emoji: stock.adobe.com/elena_garder; S. 69: Shutterstock.com/Dimedrol68; S. 70/1. v. l. n. r.: Shutterstock.com/Globe Turner, Shutterstock.com/SmileStudio, Shutterstock.com/lasha, stock.adobe.com/Photos ylc, Shutterstock.com/Africa Studio, Shutterstock.com/ShutterStockStudio, Shutterstock.com/Paul Stringer, Imago Stock & People GmbH/blickwinkel; S. 71/4. l.: Shutterstock.com/Africa Studio; S. 71/4. o.: Shutterstock.com/Prokrida; S. 71/4. r.: Shutterstock.com/StudioSmart; S. 71/4. u.: Shutterstock.com/design56; S. 73/6. o.: mauritius images/Walter Bibikow; S. 73/6. m.: Shutterstock.com/Daria Kulkova; S. 73/6. u.: Shutterstock.com/vchal; S. 76/o., u.: Shutterstock.com/mym_mayca; S. 76/o., u.: Shutterstock.com/mym_mayca; S. 76/m.: Shutterstock.com/Chonnanit; S. 77: mauritius images/age fotostock; S. 79/v. o. n. u.: mauritius images/Alvaro German Vilela/Alamy Stock Photos, mauritius images/Westend61, stock.adobe.com/DWP, stock.adobe.com/manuel; S. 81/3. 1: mauritius images/DCarreño/Alamy Stock Photos; S. 81/3. 3: mauritius images/LightField Studios Inc./Alamy Stock Photos; S. 81/3. 4: stock.adobe.com/bong; S. 81/3. 6: Shutterstock.com/Thiago Figueredo; S. 81/3. 2: Shutterstock.com/aerogondo2; S. 81/3. 5: Shutterstock.com/Dora Zett; S. 84/Daumen: Shutterstock.com/Oakozhan; S. 84/o. l.: stock.adobe.com/Natalia; S. 84/o. m.: stock.adobe.com/Tartila; S. 84/o. r.: stock.adobe.com/Hein Nouwens; S. 85/2c: Shutterstock.com/auleena; S. 85/2a: Imago Stock & People GmbH/Westend61; S. 85/2b: Shutterstock.com/blvdone; S. 85/1b: Shutterstock.com/Zurijeta; S. 85/1a: stock.adobe.com/Peter Atkins; S. 85/1c: Shutterstock.com/rSnapshotPhotos; S. 85/4b: Shutterstock.com/CREATISTA; S. 85/3c: Shutterstock.com/pikselstock; S. 85/3b: Shutterstock.com/Monkey Business Images; S. 85/3a: Shutterstock.com/Monkey Business Images; S. 85/4a: Shutterstock.com/sylv1rob1; S. 85/4c: Shutterstock.com/antoniodiaz; S. 86/m. r.: Shutterstock.com/Charlesy; S. 87/m.: stock.adobe.com/Carlos Gardel; S. 87/o.: Cornelsen/Lucentum Productions; S. 88/v. o. n. u.: stock.adobe.com/Mistervlad, stock.adobe.com/Starstuff, Shutterstock.com/kavalenkau, mauritius images/age fotostock, stock.adobe.com/SeanPavonePhoto; S. 89: Imago Stock & People GmbH/Cavan Images; S. 94/Emoji: stock.adobe.com/Sughra; S. 94/u. l.: stock.adobe.com/stringerphoto; S. 97/v. l. n. r.: Shutterstock.com/Karynav, Shutterstock.com/Westlight, Shutterstock.com/Oleksiy Mark, stock.adobe.com/Melinda Nagy; Shutterstock.com/Oleksiy Mark; Shutterstock.com/ChristianChan, Shutterstock.com/VitaminCo